KB021725

흑색, 무채색, 컬러

흑색, 무채색, 컬러

펴 낸 날   2021년 3월 14일

지 은 이   이규상
펴 낸 이   이기성
편집팀장   이윤숙
기획편집   윤가영, 이지희, 서해주
표지디자인   윤가영
책임마케팅   강보현, 김성욱
펴 낸 곳   도서출판 생각나눔
출판등록   제 2018-000288호
주   소   서울 잔다리로7안길 22, 태성빌딩 3층
전   화   02-325-5100
팩   스   02-325-5101
홈페이지   www.생각나눔.kr
이 메 일   bookmain@think-book.com

흑색, 무채색, 컬러

이규상 에세이

생각나눔

목 차

머리말
......

✎ 내가 왜 그런 생각을, 일단 나의 지적 역량으로 절대 감당할 수 없는 그런 엉뚱하고도 허무맹랑한 생각을 하게 됐을까?

그리고 왜 그것을 혼자만의 생각으로 놔두지 않고 그런 검증되지도 정제되지도 않는, 나만의 추측에 불과한 것을 공개적으로 책으로 쓰려고 할까?

문제의 발단은 그렇다.

나는 언제부턴가 동양과 서양이 보여주고 있는 문명의 차이는 동양인과 서양인의 외모의 차이에서 비롯되었을 것이라는 막연한 생각을 품게 되었다.

구태여 말하자면 내가 언제나처럼 그저 한가로이 인터넷 서핑을 하다가 우연히 어떤 역사 카테고리에 흘러들어 가게 된 게 바로 그 문제의 발단이었다.

그렇게 무심히 읽어가는 중에 아주 우연히, 고대 그리스인들은 스스로의 모습이 아름답다고 느껴서 자신들을 조각작품의 대상으로 삼았다는 짧은 글을, 어쩌면 아무 의미 없이 그냥 넘겨버릴 듯한 글을 마주하게 되었다. 순간 느닷없이 내 머리는 망치를 맞는 듯했고, 그와 거의 동시에 동양인과 서양인은 인간으로서 스스로 느끼는 근원적인 정체성에서부터 이미 차이가 있지 않았을까 하는 생각이 바로 스쳐 지나갔다.

아마 내가 평소에 동양과 서양이 보여주는 모든 차이에 관심이 많았고, 또한 뭐라고 분석적인 과정을 통하여 정의를 내릴 순 없지만, 근본적으로 동양인과 서양인 그리고 동양 문명과 서양 문명은 너무 많이 다르다고 항상 느껴왔기 때문에 나름 그 울림은 더 컸을 것이다. 거기서부터 나의 생각은 꼬리에 꼬리를 물고 꼭 자기 갈 길을 찾아야겠다는 듯 요동을 쳤다.

발단의 시초는 그렇게 사소했다.

이후로 나 혼자만의 거대담론이 되어버린, 즉 동서양 문명의 차이는 외모에서 비롯되었다는 나름대로의 막연한 추측은 그렇듯 너무 '초라한' 순간에 전혀 예기치 않게 물꼬를 텄다.

일단 나의 생각이 그렇게 방향을 잡으니 이제까지 그저 스쳐 지나갔고, 그런 분야에 전공자가 아닌 철저한 일반인으로서 살아오면서 나름대로 느껴왔던 동양과 서양의 차이가 정말 양 지역 주민의 서로 다른 외모의 차이에서 왔을 것이란 생각을 더욱 떨쳐버릴 수 없었다.

그렇다고 내가 서양인과 많이 접촉을 했다거나 서양에서 장기간 거주한 경험이 있는 것도 아니다.

그러나 그렇게 믿게 되어버린 어느 순간, 그렇게 추측하는 사람이 세상에 나밖에 없다는 걸 알아버린 어느 순간 내가 오롯이 짊어진 짐이 되어버린 그러한 나만의 추리를, 또는 관록과 식견이 있는 학자들이 볼 때는 그저 망상이나 착각에 불과한 나의 그런 주장을 무모하지만 남에게 알려서 평가를 받아야 한다는 어느 정도의 강박감까지 스스로 되었고 그렇게 책으로 출간할 생각까지 하게 된 것이다.

무언가를 설알고 무식하면 용감하다고 했던가?

거기에 더하여 인종 간의 갈등이 첨예한 이때 내가 옳다고 믿는 이 생각이, 혹시라도 그것이 인종 간의 이해에 조금이라도 도움이 된다면 나의 의견을 세상에 기꺼이 던지는 것이 마땅하지 않을까 하는 생각도 하게 되었고, 또한 그렇게 하지 않으면 안 될 것 같은 일종의 의무감까지 느끼게 되는, 이제는 자기 최면과 자기 포장의 경지에까지 이르게 되었다.

따지고 보면 소위 인종갈등이나 인종혐오도 우선 근본적으로 서로 다른 인종적 체질에서 출발한 각각의 집단들이 생각하는 방식 또는 생활양식이 서로 달라지게 되고, 그런 요소들이 집적되어 필연적으로 서로 다른 문화나 문명의 메커니즘을 갖게 되는 것이 문제의 출발점이 아닌가?

어쩌면 우리는 아쉽게도, 상대 집단의 인종적 체질에서 기인한 총체적 삶의 방식의 다름을 이해하지 못한 채 자신들도 모르는 사이 그런 혐오나 갈등이 자꾸 확대·재생산·증폭되는지도 모를 일이다.

내가 그렇게 말하면 나의 경험상 누군가는 나의 주장을 접하고 시대에 맞지 않는 인종주의자라느니 또는 편집증에 빠져있어 특정한 프레임으로 세상을 보려고 한다느니 그런 말을 할지도 모른다.

그러나 마음의 결정을 한 이상, 결코 전문가나 학자의 수준이나 시각에는 미치지 못하지만, 이제까지 주섬주섬 나의 두뇌의 기억창고에 단편적으로 쌓아있던 지식들, 아니 지식이라기보다 그저 아무렇게나 흩어져서 아무 질서도 없고 파편적으로 나의 의식과 무의식 속에 자리해있던, 평소 동양과 서양을 보며 느꼈던 그런 생각의 조각들을 최대한 맞추어서 주저 없이 나에게 허락된 공간에 담아보려고 한다.

그런데 여기서 먼저 밝혀둬야 할 게 있다.

내가 내세우는, 즉 남들이 볼 때는 근거가 박약하다고 할 수 있지만 나 자신은 확신하는, 동서양의 문명은 동서양 인종의 차이, 특히 외모의 차이에서 비롯되었다는 그러한 주장을 세상에 드러내기 위하여 책을 출판한 게 이번이 처음이 아니라는 사실이다.

이미 나는 지난 2014년에 나의 의견을 실은 『금발의 승리』라는 제목의 책을 출간했으나 너무 허술한 작품이 되어버린 경험이 있고 나름 심기일전하여 그다음 해에 지금은 제목도 밝히기 싫은, 앞편을 조금 리모델링한 두 번째 책을 출간하였으나 역시 책의 내용에서 내가 봐도 설득력과 필력이 부족할뿐더러 전체적으로 완성도가 너무 떨어진 책이 되어버렸다.

그리고 거기에 더하여 두 번째 책에서는 내용의 오류도 있어서 자진하여 출판사에 절판을 요구하기까지 하였다.

나중에 생각해보니, 가당치 않게도 내가 일방적으로 주장하는 걸 남에게 알려서 사람들의 평가를 받고 싶다는 말도 안 되는 욕심이 있었기도 하겠지만, 유감스럽게도 세상은 나의 바람과 상관없이 보통의 일반인은 그런 주제에 별로 관심이 없었던 것도 한몫한 것 같다.

그런 깨달음(?)이 있고 난 후 나는 여러 해 동안 글 쓰는 것에 대한 의욕이나 생각을 거의 접은 상태로, 자연스럽게 포기 상태가 되어있었다.

그렇게 글쓴 자체에 대한 에너지가 소진했든지 아니면 아예 잊으려고 했든지, 전문적인 작가들의 쓰는 용어인, 절필(?)한 상태로 정확히 6년이 지나고 있었다.

그러는 가운데 내 마음의 어디선가 모르게 점점 나 자신을 다시 일깨우는 소리가 있었으니 그것은 내가 책을 쓴 이상, 내 마음속의 의견을 확실히 개진도 못 한 글 그리고 나 자신이 써놓고도 맘에 들지 않은 글을 어떻게 세상에 엉거주춤한 상태로 남겨놓을 수 있는가 하는 울림이었다. 그런 심경의 변화는 나 자신도 예상치 못한 일이었다.

일단 세상에 나의 주장이나 의견을 알리려고 한 이상 내가 할 수 있는 한 글의 내용에 있어서 최대한의 논리와 설득력을 담고, 또 한 권의 책으로 내 능력이 미치는 한 완성도도 있는 작품을 세상에 내보여서 완결하는 것이 나 자신에게 떳떳한 일이고, 세상을 향한 옳은 자세라는 생각이 들었다.

물론 한 권의 책을 쓴다는 것은 내가 완성을 하고 난 뒤에도 뭔가 아쉽고, 나 자신의 부족함을 새삼 느끼게 되는 일이다. 더구나 철저한 일반인인 내가 어떤 인문학적인 주장을 담은 책으로써 완성도가 있는 작품을 출판한다는 것 자체도 그저 욕심일 뿐, 쉬운 일이 아니라는 것 또한 잘 알고 있다.

어떻든 이번 집필에 대한 심경변화 과정을 대략 적어봤는데, 일단 그렇게 마음의 결정을 하고 나니 마치 거울 앞에 돌아와 새삼 자신의, 외면하고 싶었지만 차마 그럴 수 없었던 원래의 모습을 보는 것 같은 기분도 들었다. 그런가 하면 그동안 두려워서 멀리하고 싶었지만, 결코 거부할 수 없었던 나의 내면의 의식에 다시 돌아온 것 같은 느낌도 들어서 역시 이번에 글을 쓰는 것은 언젠가 내가 완수해야 할 숙제였지 않나, 혼자서 다시 한 번 생각하게 된다.

　이상 위와 같이 다시 마음을 가다듬고 컴퓨터 화면을 마주하며 이제 자판으로 빈 여백을 채워가려 하는 필자의 소회를 간단하지만, 한편으론 장황하게 적어보았다.

　미리 말해두지만 이 책은 인문서가 아니며, 그래서 일단 형식적으로 철저히 에세이의 한계를 벗어나지 않으려고 한다.

　그리고 앞서 얘기한 대로 나는 전문가나 학자가 아니며, 따라서 어떤 정치(精緻)한 논리나 사례 연구를 가지고 나의 주장이나 이론을 설파할 수 있는, 그런 능력도 없고 그런 위치에 있지도 않다.

　대신에 거리낌 없이 나의 의식과 감각이 원하는 대로 자판 위에서 손가락을 움직이는 자유를 누리면 좋겠다.

　그것이 인문학서가 아닌 에세이로 이 책이 누리는 특권이 아닐까 한다.

1. '본다'는 것에 관하여
· · · · · · · · · · · · · · · · ·

✎ 우리는 평소에 '본다'는 행위에 대하여 얼마나 인식하며 살아가고 있을까?

또는 본다는 것에 관하여 얼마나 감사하며 살고 있을까.

우리는 의식하고 있지 않지만 하루하루의 삶, 아니 우리의 인생 자체는 너무나 당연하게도 본다는 행위를 기반으로 이루어지고 있다.

그러나 우리가 매 순간 숨을 쉬며 공기에 대한 중요성을 모르고 살아가듯이, 본다는 것 또한 우리는 그에 대한 중요성과 고마움을 모르고 산다.

철학자 데카르트도 인간의 시각적 능력이란 신으로부터 부여받은 축복이라고 했다 하지 않는가?

(여기서 우리는 일반적인 당연한 얘기도 유명인이 하면 그걸 경구화 한다는 것을 알 수 있다. 또 그 의미를 의미심장하게 새삼스럽게 반추하기도 한다. 그런가 하면 그것을 여기서처럼 나름 시의적절하게 임팩트를 주기 위해 인용하기도 한다. 더하여 유감이지만 나는 데카르트의 책은 직접 읽지는 못했다.)

뉴턴이 사과나무를 보았듯이 인류 대부분의 발견과 발명, 그리고 문명 그 자체는 우리가 세상을 또는 일단 특정한 대상을 보는 행위를 했기 때문에 비로소 시작된 것이라고 할 수 있다.

우리는 삶 속에서 눈으로 외부의 세상을 보는 가운데 대부분의 희로애락이 이루어지며, 밤에 잠을 자고 아침에 눈을 뜨면서 진정한 하루가 시작된다. 누군가는 이것을 날마다 죽었다가 살아난다고도 말을 한다.

그리고 어머니 배 속에서 제대로 태어나지 못하고 물로 흘러버린 '우주의 생명체'를 보고, 사람들은 "세상을 보지도 못하고…."라는 말을 하기도 하는데, 그런 예에서도 알 수 있듯이 우리는 살아가면서 본다는 게 얼마나 중요한 일인지 또는 사람은 일단 보기 위해서 세상에 태어난다는 의식을 은연중에 드러내주고 있다.

또 죽음에 다가갔다가 돌아온 경험자들에 의하면 마지막 순간에 이제까지 본인이 살아온 모습이 짧은 시간에 필름처럼 지나간다는 말을 더러 한다.

삶을 정리하는 순간에 이 땅에서 보았던 걸 기반으로 삶을 기억하고 인식한다면 정말 산다는 것은 곧 본다는 것이라고 해도 무방하지 않을까?

그렇지만 우리가 이런 말을 하면서 마음이 마냥 편할 수만은 없다.

볼 수 있다는 중요성과 고마움을 이야기할수록 우리와 같이 살아가는 이 땅의 수많은 시각장애자분들에게 안타까움과 일말의 죄송한 마음이 듦과 동시에 한편으론 요사이 화두가 되고 있는 인공지능기술이 어서 빨리 진화하여 그분들에게 도움이 되기를 바라며 그리고 언젠가는 꼭 그런 날이 올 거라고 믿어본다.

나는 개인적으로 헬렌 켈러를 존경한다.

나는 그를 보며 인간의 능력이 얼마나 무한한지, 그리고 미국이란 나라가 얼마나 위대한지를 다시 한 번 생각한다.

그리고 그녀가 한 말, "신은 하나의 문을 닫으면 또 다른 하나의 문을 열어준다."라는 말을 떠올린다.

듣지도 보지도 못했지만, 그녀는 아마 인류의 역사에 있어서 전무후무할 정도로 특별하고 위대한 삶을 살았다.

2. 본다는 것은 본능이 아니고 학습과 훈련이다

. . . .

✎ 첫 장에서 뜬금없이, 인간으로서의 너무나 당연한 행위인 '본다'는 주제를 가지고 서두를 열어보았다.

그 본다는 단어는 어쩌면 이 책에서 필자가 가장 많이 언급하는 화두가 될 것이며, 틈만 나면 끄집어내서 이야기를 이끌어가는 실마리가 될 것 같다.

그런데 본다는 주체인 우리가 간과하고 있는 것이 그 본다는 행위가 단순한 본능이 아니고, 학습과 훈련에 의하여 이루어지는 '능력'이라는 사실이다.

학습이 거듭되면 훈련이라고 할 수도 있지만, 두 가지 행위를 딱 부러지게 나누어서 정의(定意)할 수 없으니 경우에 따라서는 그냥 학습이라고 해도 될 듯하다.

그렇다면 예를 들어 태어나면서부터 아무것도 보지 못하던 사람이 20세가 되어서 갑자기 눈을 뜬다고 생각해보자.

그는 눈앞에 있는 모든 현상을 얼마나, 그리고 잘 이해할 수 있을까?

물론 눈을 뜬다는 가정은 현실에서는 불가능하지만, 앞에서도 얘기했다시피 근래에 IT 혁명이 시작된 이후 날마다 놀라운 일이 벌어지고 있는 우리의 세계에서는, 그것이 첨단의 의학기술과 결합한다면 그런 기적도 조만간 가능할 것처럼 보이게 한다.

당연히 20세에 처음으로 세상을 보게 된 그 청년은 눈앞에 보이는 대상들이나 삼라만상의 모든 현상을 제대로 받아들이지 못할 것이며, 어쩌면 그는 보통 말하는 고소공포증이나 폐소공포증도 우리와 조금 다르게 느낄 것 같고, 사람들 앞에 서서 연단공포증도 느낄 것 같지 않다.

돌이켜보면 70년대 티브이에서 한창, 어린이용 시리즈물인 6백만 불의 사나이나 여자가 주인공인 소머즈나 원더우먼을 방영할 때가 있었다.

기억하는 분도 있겠지만 거기에 나오는 주인공들은 한결같이 현실세계에서는 있을 수 없는 초능력을 발휘하는데 공간개념이 없이 날기도 하고, 높은 데서 떨어지기도 한다.

그리고 끝나고 나면 꼭 나오는 자막이 있는데 '어린이들은 따라 하지 마라'는 내용의 글이 쓰여있다.

아마 어린이들은 세상에 태어나서 아직 시각적으로 상황을 학습하는 과정에 있으니 원근감각에 따른 위험을 충분히 인지하지 못하여 어른들의 주의가 필요하다는 걸 은연중에 나타내고 있는 듯하다.

우리는 그처럼 어린 시절을 거치며 눈에 보이는 주위의 상황을 이해하는 능력을 기를 뿐 아니라 자라면서 시각적으로 학습된 기준들에 의해서 사람을 포함한 세상의 모든 대상을 판단하는 행위도 하게 된다.

(내가 사람을 특별히 언급한 것은 보이는 대상 중에 무엇보다도 사람이 제일 중요할 것 같기 때문이다.)

예를 들면, 모르는 사람을 처음 봤을 때 우리는 보자마자 빠른 시간 안에 자기가 자라오면서 학습된 기준을 가지고 상대방의 사회적 신분을 어느 정도 추측한다. (물론 완벽히 알아맞힐 수 없고, 예외도 많다.)

또 이성 간에 서로 마주쳤을 때는 그보다 훨씬 빨리, 일 초도 걸리지 않는 시간에 앞에 있는 사람이 이성으로서 호감이 가는 인상인지 아닌지 순간적으로 판단하는 경우도 있다.

그렇게 우리는 살아가면서 각자의 축적된 시각적인 학습과 훈련을 통하여 사람을 포함한 눈에 보이는 세상의 모든 대상과 주위의 모든 상황을 평가하고 판단하고 이해한다.

그리고 그 시각적인 학습과 훈련을 통하여 주위의 상황이나 대상을 평가, 판단하는 기준은 자신이 속한 집단의 문화적인 바탕에서 영향을 받기도 한다.

3. 시각적인 학습의 출발점은 인간의 모습

✎ 그런데 시각적 학습에 의하여 모든 대상을 판단하지만 그 시각적 학습이 이루어지게 하는 것 또한 태어나면서 우리가 보는 세상의 모든 대상 또는 보이는 대상이라고 할 수 있다.

그러니 우리는 자라면서 눈에 보이는 대상으로 학습하고 학습으로 축적된 결과를 세상의 모든 대상에 투영시키는 것이다.

비슷한 말이 되겠지만 대상을 보며 학습한 방식대로 다시 세상에 투사하여 모든 대상과 주위의 상황을 이해한다.

그럼 우리의 시각적인 학습에 가장 중요한 영향을 미치는 눈에 보이는 대상은 무엇일까?

아마 그 대상은 우리의 삶에 있어서 가장 특별하고 중요한 대상이며 존재일 것이다.

구태여 이런 생각을 해보지 않은 사람도 있겠지만, 그것은 당연히 우리 인간일 것이고 따라서 인간 스스로의 모습은 시각적으로도 가장 중요한 실체가 아닐까 한다.

고대부터 동서양 문명 모두 인간의 모습은 조각이나 벽화 같은 예술작품의 중요한 대상이 되었고, (물론 그런 현상이 서양에서 더 두드러지긴 하였지만) 또한 현재까지도 면면히 미술계에서 일반적인 회화나 아니면 초상화의 모티브가 되고 있다.

그리고 옛날 중국에서는 사람을 뜻하는 한자 '人'을 사람끼리 서로 기대어선 모양으로 형상화했다든지, 인간은 사회적 동물이라는 서양 철학자의 말씀도 모두 인간에게 서로의 존재가 중요함을 나타낸다.

예를 들면, 남한의 30배가 되는 세계에서 가장 넓은 지방행정구역으로, 러시아의 시베리아지역에 위치하며 춥고 인구가 절대적으로 희박한 사하공화국에서는 하루 종일 차를 타고 가도 좀처럼 사람을 만나기가 힘든데, 어쩌다 서로 만나면 굉장히 반가워한다고 한다.

사하공화국 삽화 (사하공화국의 크기)

인구밀도가 높은 나라에 사는 사람들은 느끼지 못하겠지만 인간은 종국적으로 자연계보다 서로 훨씬 관심을 받는 대상이며, 그만큼 인간의 모습이 시각적으로 주는 자극은 여타 자연계보다 특별할 것이다.

그렇기 때문에 우리 인간의 모습은 시각적인 학습에 있어서 가장 중요하고 근본적인 요소가 되며, 그런 학습의 출발점이라 할 수 있다. 또한, 우리가 우리들 스스로의 모습을 보며 학습한 방식대로 다시 세상의 모든 대상에 투영한다고 말할 수도 있을 것이다.

4. 시각적인 학습의 하이라이트, 얼굴
· ·

✎ 인간은 서로에게 가장 중요한 존재이며, 그래서 시각적으로도 가장 의미 있고 특별해 보이는 대상이라고 앞에서 언급했다.

그러면 또 그 인간의 신체 중에서 가장 중요하고 의미 있는 부분은 어디인가?

그것은 당연히 얼굴 부분이 될 것이며, 우리는 서로의 얼굴을 보고 최종적으로 상대방을 구별하고 인식한다.

사람의 얼굴 또는 머리 부분은 실질적으로 그리고 시각적으로 볼 때도 사람의 개체성과 정체성을 결정짓는 최종적인 부분이다. 예를 들어 우리는 보통, 사람의 수효를 셀 때 머릿수를 센다고도 하며, 옛날에 서양에서 한 사람당 세금을 징수하는 걸 사람의 머리를 의미하는 인두세(人頭稅 head tax)라고 했던 걸 보면 우리는 사람의 머리 부분을 바로 그 특정한 사람 자체로 인식했다는 걸 알 수 있다.

(그러고 보니 이웃 나라인 일본 사람들은 대화 도중 자신을 가리킬 때, 한국 사람과는 다르게 손가락으로 자기의 머리, 즉 얼굴 부분을 가리키는 걸 종종 볼 수 있다.)

그리고 꼭 이런 예까지 들고 싶지 않지만, 동서양 공히 국가 체제에서 일개인을 세상에서 멸절시키는 데 있어서 참수형을 가장 상징적이고 확실한 방법으로 여겼다.

어떻든 사람의 머리 또는 얼굴 부분은 이 세상의 삼라만상의 어느 보이는 대상보다 내가 여기서 주장하는 식으로 말하자면, 우리의 시각적인 학습에 가장 영향을 미친다고 해도 무리가 없을 것 같다.

그렇게 중요한 부분이기 때문일까?

우리는 얼굴이 없는 곳에서도 얼굴을 보는 습관이 있는데, 예를 들면 가끔 어떤 특정한 암석이나 구름 같은 자연의 형상을 보고 사람의 얼굴에 빗대어 유사한 모습으로 유추하기도 한다.

이렇게 상관없는 대상을 보고 사람의 얼굴을 상상하는 현상을 고대 그리스인은 'Pareidolia'라는 용어를 쓰기도 하였는데, 아마 인간에게 가장 중요한 대상인 얼굴을 보면서 학습한 방식으로 세상의 다른 대상에 투사하는 습관으로 추측된다.

그토록 우리는 얼굴이 없는 곳에서도 얼굴을 찾도록 학습되었다면 어쩌면 우리들의 얼굴의 모습은 우리의 무의식의 저편 어딘가에서 세상을 바라보는 방식을 결정하는 프리즘의 역할까지도 하고 있지 않았을까?

정말 그렇게까지 유추한다면 나 혼자만이 지나친 비약이 될까?

파레이돌리아의 예시들

5. 다시 얼굴에서 눈으로 좁혀보자

✎ 정말 우리의 얼굴이 그렇게 자신들도 모르는 사이에 세상을 바라보는 방식에까지 영향을 주고 있었다면, 아마도 아기가 세상에 처음 나와서 마주 대하는 엄마의 얼굴을 보는 순간을 그려볼 수 있을 것 같다.

어쩌면 아기가 어머니의 얼굴을 처음 본 그 순간, 시각에 의한 우리의 역사도 시작되지 않았을까?

그처럼 갓 태어난 아기에게 있어 엄마의 얼굴은 세상의 전부였을 것이다.

그리고 태어나서 가장 중요한 일은, 주위의 모든 사람을 구별하는 일이고, 특히 엄마를 다른 사람과 구별하여 인식하는 일이었을 것이다.

아기는 또한 눈앞에 보이는 사람들을 구별할 때 다른 부분이 아닌 얼굴 모습에 집중하게 될 것이고, 당연히 어머니의 얼굴 모습을 눈여겨보는 행위를 반복하면서 아기는 사람들의 얼굴을 구별하는 게 얼마나 중요한 일인지 알아가게 된다.

그리고 엄마의 얼굴을 보면서 이제는 한 단계 더 나아가 서로 눈을 마주치며 다른 사람들의 눈매와 다른, 엄마의 특정한 눈매를 익히고 최종적으로 엄마를 구별하게 될 것 같다.

그리고 보니 우리는 어떤 사람을 최종적으로 인식할 때 전체적인 얼굴을 보는 것과 함께 결정적으로 눈매를 보며 그 사람을 특정하지 않나 싶다.

그렇다면 잠깐, 우리 모두 그리운 사람의 얼굴을 떠올려보자. 이 세상에 없는 그리운 얼굴들이라도 좋다.

그 사람의 얼굴에서 어떤 부분이 떠오르는가? 혹시 눈 부분이 떠오르지 않는가?

그 사람의 특정한 표정, 그리고 특정한 눈매, 그리고 얼굴 전체의 표정은 역시 눈매의 감정 표현에 의해서 많이 좌우되는 것 같다.

그렇다면 예를 들어 전국에 산재해 있고, 특히 강남에서 많이 볼 수 있는 성형외과들의 광고를 주목해보자.

그 그림에서는 성형 당사자의 수술 전후 사진을 보여주는데 항상 예외 없이 눈부분을 가리고 있고, 우리는 그런 모습을 보고 있다.

그 사람이 누구인지 감추기 위하여 눈을 가린다는 얘기는 우리가 당사자의 눈을 보면, 아니 때로는 눈만 보면 그 사람이 누구인지 특정할 수 있다는 말이고, 다시 말하면 얼굴을 볼 때 최종적으로 눈을 보고 나서야 당사자가 누군지 인식한다는 얘기니 우리는 애초에 특별히 상대방의 눈 부분에 초점을 맞추어서, 사람마다 다른 특유한 눈매를 익혀가며 사람을 구분하는 법을 학습했을 거라는 유추도 가능할 것 같다.

그렇게 사람을 구분한다는 것이 인간의 삶에 있어서 무엇보다도 중요한 일일진데 그러기 위해 사람마다 다른 눈매를 바라보며 학습하는 행위가 바로 우리로 하여금 세상을 바라보는 방식에 어떤 영향을 미쳤다는 추론도 가능하지 않을까?

다시 말해서 우리가 눈을 통하여 세상을 보지만, 또한 우리의 눈의 모습은 시각적으로 중요한 학습의 대상이 되어 우리가 세상을 이해하는 방식에 중요한 역할을 했다면, 정말 우리의 눈은 우리 몸에서 다른 어떤 지체보다도 특별한 부분이라는 걸 다시 한 번 생각하게 한다.

또한 나는, 사람들이 별로 그런 점에는 관심을 가지지 않는데, 우리가 수많은 타인의 눈매의 미세한 차이를 읽으며 사람을 특정하고 인식하게 되는 메커니즘이 놀랍다.

아마 이것도 나의 방식대로 생각하고 싶은데, 살아가면서 수많은 사람의 눈을 보며 학습한 행위의 결과이며, 그렇게 하여 사람을 눈매로 구별하는 노하우를 획득한 것일 거라고 나름 추측해본다.

그런가 하면 우리는 대충 얼굴 형태의 그림을 보고 눈이 그려져 있다면 비록 코가 없거나 입이 없어도 보통 얼굴이라고 인식을 하지만, 만약에 그 그림에 눈이 없으면 입이나 코가 있더라도 얼굴로 인식을 잘 하지 않는다.

즉 눈이 있어야 얼굴이 되는 거고, 그래야 얼굴의 존재를 인정한다는 얘기다. 그렇듯 우리의 인식 속에서 사람의 실체를 인정하는데 눈이 얼마나 중요한 부분을 차지하는지 보여준다고 하겠다.

그럼 여기서 정리해보자.

인류는 세상을 바라보는 행위를 함으로써 대부분의 문명을 이룩했다.

우리의 세상을 보는 시각적 행위는 본능이 아니고, 학습을 통하여 이루어진다.

그러한 학습에 가장 중요한 역할을 하는 보이는 대상은 사람이며, 사람의 모습 중에 얼굴이며, 그중에서도 눈이다.

즉 눈이나 얼굴을 보며 시각적인 학습을 하고, 그렇게 학습한 방식으로 세상에 투사하여 세상을 이해했고, 그렇게 세상을 이해한 방식으로 문명을 이룩했다.

이건 내게 맡겨진 책이고 나의 주장을 위한 공간이니 일단 이렇게 용감하게, 그리고 단순무식하게 정리를 하고 다음 장으로 가보자.

6. 인종에 관하여
· · · · · · · · · · · · · ·

✎ 나는 앞의 머리말에서 '동서양 문명의 차이는 인종 간의 외모 차이에서 비롯됐다.' 또는 '인종의 외모가 문명의 모습을 결정했다'는, 내가 주장하는 이 책의 요지를 미리 밝힌 바 있다.

그렇다면 일단 인종에 관하여 얘기를 풀어가는 게 순서일 것 같다.

우리는 보통 인종을 구분할 때 흑인종과 그리고 앞에서 거론한, 서로 대비되는 문명을 각각 이룩한 백인종과 황인종 이렇게 통칭 세 인종으로 나누게 된다.

그런데 당연히 이 인종 구분도 분석 분류를 좋아하는 서양인에 의해서 만들어졌을 듯하다.

역사적으로 보자면 유럽인들도 사하라 이남의 아프리카인들을 본격적으로 만나기 전에는 자기들을 스스로 백인이라고 규정하지 않았다고 한다.

그리고 미국의 초대 대통령인 조지 워싱턴도 중국인들이 자기들과 같은 백인이 아니란 걸 전해 듣고 깜짝 놀랐다고 할 정도니 아마 유럽인들도 다른 인종을 본격적으로 만나기 전까지는 인종에 대한 개념이나 상식은 보잘것없었던 듯하다.

당연하지만 아마 인간은 어떤 지역에 살든지 주위의 동일 집단의 구성원을 일반적인 사람의 모습으로 인식했을 것 같다.

예를 들면, 유럽인도 보통 남북을 기준으로 피부의 창백함에 차이를 보이는데, 미국 이민의 역사를 보자면 초창기의 신대륙 이민이 대부분 유럽 북부 지역 출신으로 이루어지다가, 19세기 말에 이탈리아로부터 이민을 받아들이기 시작한다. 처음에 이민선을 타고 오는 이탈리아인들, 특히 남부 이탈리아인들의 모습을 보고 자신들과 너무나도(?) 다른 외모에 당시의 미국인들은 충격을 받았다고 전해진다.

그런 걸 보면 역시 우리는, 물론 지금이야 그렇지 않지만, 내가 모르는 다른 지역에 사는 사람들도 우리가 항상 주위에서 보는 사람들과 외양이 같을 것이고, 응당 그래야 한다고 짐짓 생각하였나 보다.

그리고 앞의 경우는 그 당시의 미국인들이, 유럽인이라면 거의 자기들과 똑같이 생겼을 것이라는 그런 정도의 인종에 대한 지식을 가지고 있었던 듯하다.

어찌 됐든 앞에서 언급한 것처럼 현재의 인종 구분은 애초에 유럽인이 구분한 것인데, 그들은 애초에 다른 지역에 사는 다른 외양의 모습을 한 사람들을 처음 봤을 때 아마 그들의 시각에는 피부색이 가장 중요한, 다름의 기준이 되었을 것으로 여겨진다.

그렇다면 상대적인 시각으로 봤을 때, 즉 소위 '백인'에 의하여 소위 '황인종'이라고 불리는 우리들의 눈에 백인들은 어떤 이미지를 가지고 있을까?

우리는 보통 백인을 묘사할 때 금발의 벽안(碧眼)이라고 보통 말하며, 삽화에서도 백인의 특징으로 머리카락 색깔을 노란색으로 그리고 눈은 파란색으로 곧잘 묘사하는데 아마 그런 모습이 황인종이 백인들에 대하여 가지고 있는 가장 대표적인 이미지, 즉 황인종과 체질적으로 가장 대비되는 이미지가 아닐까 한다.

그렇듯이 백인이 황인종을 볼 때는 피부색을 기준으로 하여 바라보는 이미지를 가지고 있지만, 황인종이 백인을 볼 때는 자기들에게는 없는 신체의 컬러풀함의 기준으로 상대방에 대한 이미지를 가지고 있다.

왜냐하면, 황인종은 머리카락 색깔이나 눈 색깔이 거의 검은색 단색이며, 피부색도 약간 어둠과 밝음의 차이가 있을 정도로, 전체로 '무채색'이라고 봐도 무방할듯한 모습을 하고 있기 때문이다.

사실 동북아인이라면 유럽인의 평균에 해당하는 농도를 가진 피부색을 가진 사람도 적잖이 있으므로 그들(황인종)이 백인을 봤을 때 백인이 가지고 있는 피부색보다는 황인종에게는 없는, 백인들의 체질이 보여주는 다양한 컬러가 특징적 이미지로 다가오는 것이다.

이 대비는 참 흥미로운데 백인은 황인종을 대할 때 피부색을 다름의 기준으로 보고, 황인종은 백인을 대할 때 백인의 체질적 컬러풀함을 다름의 기준으로 보는 것이다.

우리가 그런 예를 옛 역사에서도 볼 수가 있는데, 아시아 대륙의 넓은 땅을 자국의 영토로 삼았던 원나라는 정복지의 주민인 페르시아인, 즉 현재의 이란인을 보고 눈에 색깔(컬러)이 있다고 하여 색목인(色目人)이라 구분하였다.

현재의 기준으로서 인종적으로 넓게 분류하자면 백인의 범주에 들어가는, 그리고 스스로도 그렇게 주장하고 있는 이란인이, 황인종인 원나라 주민에게는 인간의 몸에 무채색이 아닌 컬러를 가지고 있다는 게 자기들(원나라 주민)과 가장 다른 특징으로 보인 것이다.

7. 인종이 다르므로 생겨난 오해의 예

●●●●●●●●●●●●●●●●●●●●●●●●●●●●●

✎ 우리는 보통 나이가 들어 머리가 하얀색으로 변하면 보통 염색을 한다.

(그런데 정확히 따지면 사람마다 하얀색이 좀 다르긴 하다. 순도가 높은(?) 백색이 있는가 하면 은색도 있고, 또 연한 회색으로 보이는 사람도 있고 약간의 스펙트럼을 보인다.)

염색을 하는 이유는 모두가 알다시피, 비록 나이가 들어도 조금이나마 젊어 보이기 위함인데, 우리는 일반적으로 검은색으로 하게 된다. (물론 최근엔 갈색이나 다른 색으로 약간의 다양성을 주기도 한다.)

어떤 서양인 중엔 그 모습을 보고, 왜 꼭 검은색으로 염색을 하는가 하고 갸우뚱하는 사람도 있다.

우리 한국인(황인종)은 머리카락 색깔에 대해서 전혀 융통성없는 철칙을 가지고 있는데(어쩌면 당연하겠지만), 검은 색깔은 젊음을, 하얀 색깔은 늙음을 단순하게 상징한다.

그러니 검은 색깔로 염색하는 것은 원래의 자신의 머리카락 색깔을 찾아가는 것이고, 그렇게 젊음의 상징을 복원한다는 의미가 된다.

그런데 서양인은 어렸을 때는 금발이었다가 나이가 들면서 점점 변하는 경우도 많고, 대체로 어릴 때보다 점점 자라면서 짙어지는 경향을 보인다. 사람에 따라서는, 살면서 머리의 색깔이 몇 번 변한다는 말도 있으니 어떤 색깔이 자기의 원래 머리카락 색깔이라고 특정할 수 없을뿐더러 본디 태생적으로 사람마다 머리카락 색깔이 다르니 동양인들의 경우처럼 검은 머리가 대표적으로 젊음을 특별히 상징하지 않는다.

그리고 그들은 처음부터 체질적으로 다양한 머리카락 색깔에 익숙하므로 어쩌면 멋있게도 보일 수 있는 하얀 색깔을, 한국 사람은 왜 구태여 염색하는지 그리고 앞에서 말한 것처럼 왜 꼭 검은색으로 염색하는지 의아해하기도 한다.

어쨌든 그들도 나이가 들어 센머리를 염색하는 경우가 있기는 한데, 그런 경우에는 앞에서 말한 것처럼 젊었을 때의 자기의 머리카락 색깔을 특정할 수가 없으니 우리처럼 자기의 원래 머리카락 색깔을 찾아 염색하여 젊음을 회복한다는 것은 있을 수 없는 일이며 또 그렇다고 동양인처럼 젊음의 상징이라고 하여 흑색으로 염색한다는 것은 더욱 말도 안 되는 일이다. 다만 그들은 동양인들과는 다르게 원래의 자기 머리카락 색깔과는 상관없이, 염색하게 되는 색깔의 옵션의 폭이 넓다.

예를 들면, 원래 젊었을 때 짙은 색 머리였던 트럼프가 머리가 하얗게 세자 자기의 원래 색깔이 아닌 금발로 염색하지 않았는가?

(음, 그런데 개인적인 생각이긴 하지만, 사실 트럼프는 머리를 노랗게 염색한 게 아마 우파 백인 세력의 정치적인 상징물의 하나로서, 자기를 따르는 지지자들에게 어필하기 위한 게 아닌가 싶다.)

8. 동양인을 잘 구분 못 하는 서양인

✎ 백인들에게 있어 머리카락 색깔이나 눈 색깔이 사람마다 다양함을 보인다는 건 우리가 살아가면서 사람들을 시각적으로 구분하는 데 있어서, 다른 인종에게는 없는 '색깔'이라는 요소가 하나 더 부여됐다는 걸 의미한다.

그들은 사람을 특정하고 인식하는 데, 특히 얼굴을 보고 인식할 때 원래의 생김새에 색깔까지 더하여 인식한다.

이성의 친구를 찾는 사이트에서 자기를 소개할 때 머리카락 색깔과 눈 색깔을 밝히고, 옛날이야기지만, 범인 현상 포스터에 나오는 범인의 인상착의에도 그렇게 색깔을 표시했다. 그들은 어떤 사람의 얼굴을 머릿속에 떠올릴 때 머리와 눈동자에 색깔을 입혀 이미지화시키며, 또는 자기가 아는 어떤 사람(제삼자)을 그 사람(제삼자)을 모르는 다른 사람에게 설명할 때도 그렇게 색깔을 개입시킨다.

그렇듯 그들에게 있어 색깔은 사람을 구별하는 제일의 기준이 되는데, 우리 황인종으로서는 전혀 범접하거나 이해할 수 없는 그들만의 세계인 것이다.

그렇게 색깔을 기준으로 사람을 구별하는 데 익숙한 백인들이 만약에 (무채색의) 황인종의 얼굴을 처음 보면 어디에 초점을 맞춰서 상대를 인식하여 구별해야 할지 처음엔 혼란스러울 수 있게 된다.

6·25를 경험한 어르신들에 의하면 미군들이 한국인들의 얼굴을 구분하는 데 어려워했으며, 때로는 남자와 여자도 구분을 못 하는 경우가 있었다고 한다.

그럼 새삼스럽지만 백인들처럼 사람의 얼굴을 인식하는 데 색깔이라는 요소가 개입되지 않는 한국인들은 서로 어떻게 구별할까?

아마 상대방의 특정한 눈매와 함께(이거는 백인도 똑같겠지만) 백인들보다는 상대적으로 눈, 코, 입의 전체적인 조화에 중점을 두어 구별하지 않을까?

어쩌면 미인을 보는 기준도 동서양이 약간은 다르지 않을까도 생각해본다.

그러고 보니 서양인은 눈에 보이는 대상을 부분적으로 보며, 동양인은 전체적으로 본다는 말이 있기는 하다.

(그런데 반대로 생각해보면 황인종도 백인의 얼굴을 잘 구별하지 못한다, 일단 얼굴 모습이 익숙하지 않으며, 거기에 더하여 머리카락 색깔이나 눈 색깔을 구별의 기준으로 삼는 것은 황인종에게는 훈련이 잘 안 돼 있다.)

9. 나의 뇌피셜을 가동해보자

. . . .

✎ 우리는 어떤 물건들을 볼 때 모양이 똑같고 색깔도 같으면 같은 것으로 인식하지만, 색깔이 다르면 모양이 똑같더라도 약간은 다르다고 인식한다.

또는 모양이 다르고 색깔이 같을 때보다 모양도 다르고 색깔마저 다르면 훨씬 더 다르다고 인식한다.

즉, 우리에게는 색깔의 다름이 어떤 대상들을 다르다고 인식하는 데 어쩌면 결정적으로 작용할 수도 있다는 얘기이다.

우리말에도 '색다르다'는 표현은 '다르다'보다 강조된 표현이 되고, 일본어에서도 여러 가지라는 말을 나타낼 때 한자로 '색색(色色)'이라는 뜻의 '이로이로(いろいろ)'라는 단어를 쓰는 것을 볼 수 있다.

그렇다면 체질적으로 다양한 컬러를 가진 백인들은 서로를 볼 때 그리고 스스로를 바라보며 시각적으로 어떤 느낌을 가지게 될까?

우선 각자가 서로 다른 색깔을 가진 실체적 존재, 즉 일단 시각적으로 황인종끼리 서로를 볼 때보다 상대적으로 독립된 개체성을 가진 존재로 인식이 되며, 그래서 어차피 서로 다름을 추구해야 하는 존재이며 더 나아가서는 각자가 스스로 인정하는 방식으로 세상을 살아가야만 하는 존재로 느끼게 되지 않을까? (이거는 순전히 나만의 추측이다.)

만약에 그들이 그렇게 생각한다면 다른 사람이 본인에게 맞는 방식으로 나에게 강요하더라도 나의 정체성에는 맞지 않아서 일단 거부하게 될 것 같기도 하다.

또한, 머리카락 색깔과 눈 색깔이 다르니 다른 사람들에게 어울리는 색상의 옷도 나에게 꼭 어울리는 옷은 아닐 수 있다.

그러고 보면 인간관계의 획일화되고 경직된 질서를 추구하는 동양의 전통적 유교 윤리도 당연히 그들에게는 잘 맞지 않을 것 같은데, 일단 유교 윤리는 인간이란 누구나 다를 게 없는 '보통의 인간이어야 한다'는 전제하에 만들어진 틀이기 때문이다.

그래서 그런지 서양인은 그게 형이상학적이거나 형이하학적이거나, 나만의 영역을 추구하는 경향도 동양인보다 훨씬 강한 것처럼 보인다.

그런가 하면 우리끼리 말할 때, 보통 '자기만의 색깔을 가져라.'라고 하기도 하는데, 여기서 색깔을 나만의 독립적이고 주체적인 개성이라는 식으로 이해를 한다면 서양인은 이미 체질적으로도 색깔의 다름으로 인하여 더욱 남과 다른 자기만의 정체성을 추구하며 살아가야 하는 존재로서 태생적으로 운명지어지지 않았을까 하고도 생각해본다.

혹시 그렇게까지 생각했다면 이것도 나 혼자만의 착각일까?

앞에서 언급했듯이 동양의 전통적인 윤리인 유교 윤리도 동양인의 획일적인 비주얼(색깔의 기준으로 본다면)에서 자연스럽게, 어쩌면 필연적으로 잉태된 산물일지도 모른다.

어차피 사람 사이의 관계를 규정하는 경직된 질서는, 일단 인간의 몰개성화를 전제로 하여 생겨났기 때문이다.

10. 자기 영역을 추구하는 서양인

. . . .

✎ 앞에서도 언급했듯이 자기만의 색깔(꼭 물리적이 아닌 정체성이나 개체성을 말함)을 중시하는 서양인에게는 당연할 수도 있겠지만, 그들에게는 형이상학적인 사고의 영역뿐이 아니고 물리적으로도 남과 부딪힘이 없고 남에게 방해받지 않는 공간, 즉 나 자신의 개성을 담보할 수 있는 자기만의 공간을 추구하는 성향이 동양인보다 상대적으로 강한 듯이 보인다.

그만큼 동양인보다는 군집성이 약하고 또한 자기의 체질적인 색깔은 시각적으로도 남과 다르기 때문에 나는 당연히 남과 달라야 하는 존재라는 걸 인식한다. 그래서 자기의 색깔(정체성이나 개체성)을 더욱 추구하게 되는지 모르겠다.

그들은 또한 어떤 기준을 가지고 남과 비교당한다는 것에 본능적으로 거부감을 느끼기도 하는데, 이 점도 동양인과는 많은 차이를 보여준다.

사람은 누구든지 자기를 나타내려는 욕망이나, 경쟁을 하여 자기의 자존감을 높이고자 하는 욕구가 있다.

서양인들이 자기의 색깔(정체성)에 맞춰 자기를 드러내려고 한다면, 검은 머리와 검은 눈의 시각적으로 무채색의 엇비슷한 체질을 가진 동양인의 경우는 어떻게 자신을 드러내게 될까?

만약 상대방과 경쟁할 때 내가 가지는 크기(실체적이든 아니면 무형적이든)에 집착하기 쉽다면 서양인에 비해 상대적으로 시각적인 단일함을 보이는 동양인의 체질과 어떤 관계가 있을까?

그처럼 모두가 균일한 색깔을 하고 있다면 상대방과 경쟁하기 위해 추구해야 할 것은 오직 내가 가지고 있는 볼륨을 되도록 크게 만드는 것밖에 없지 않나 싶은데, 예를 들면 동물들의 세계에서도 상대방과 대결할 때 몸을 크게 보이게 하여 상대방을 제압하려는 전략을 쓰는 경우가 많다.

이쯤에서 정리해보니 여기서 말하는 백인종의 색깔이나 황인종의 단일함이 체질의 실체를 말하는지 상징성을 말하는지 필자도 헷갈리는데, 어차피 나는 이 책에서 외모 특히 체질적인 색깔의 다름으로 인하여 비롯된 개체성 그리하여 인종에 따라 스스로 인식하는 개체성의 상대적인 정도의 차이를 말하고, 그로 인하여 생겨난 문명의 차이를 주장하는 바이므로 지금의 필자가 설명하는 부분에서는 큰 범주로 봤을 때 딱히 색깔이 가지는 실체와 색깔이 의미하는 상징성이 때로는 구분이 되지 않아도 무리가 아닐 듯싶다.

어찌 됐든 동양인은 서양인보다, 상대적으로 단일한 기준을 가지고 남들과 비교되어서 경쟁하도록 그렇게 체질적으로 설계됐는지도 모르겠다.

그렇다고 해서 나는 지금의 사회를 살아가는 한국(동양) 사람들이 꼭 위에 말한 동양 사람으로서의 전형적인 방식으로 살아간다는 건 아니다.

세상은 변했고, 동양이 서양에 문호를 개방하고 교류를 시작한 후에 우리는 알게 모르게 총체적으로 서양 문명의 영향을 받고 있는 것도 부인할 수 없는 사실이다.

다만, 동양인의 체질적인 특징상 서양인보다 상대적으로 단일한 기준을 가지고 서로 비교 경쟁하는 경향을 보일 것 같다는 필자의 평소 생각을 적어보았다.

또한, 나만 그렇게 느끼는지 모르겠지만, 동양과 서양의 전쟁에서도 뭔가 다른 점이 있는 듯이 보인다.

물론 모든 전쟁이 그렇듯이 서로 싸우는 과정과 모습은 똑같겠지만, 전쟁의 저변에 깔려있는 심리적인 동기의 근본을 따져보자면, 왠지 서양의 전쟁은 자기의 정체성을 구현할 수 있는 공간을 확보하기 위한 다툼 같은 성격이 강한 반면에 동양에서의 전쟁은 그저 상대방과 비교하여 크게 되는 것, 즉 큰 영토를 차지하고 힘센 지배자가 되는 것이 종국적인 목적인 것처럼 보인다.

다시 말하자면 유럽의 역사에서 보이는 수많은 민족 간의 이동과 끊임없는 전쟁들은 애초에 내 색깔을 구현하는 데 필요한 공간이나, 남에게 방해받지 않고 내 방식대로 살아갈 수 있는 나만의 독립된 영역을 확보하기 위한 영역의 다툼에서 출발한 것으로 보인다.

그러나 동양 문명에서는 중국의 고전인 『삼국지』를 보더라도 전쟁하는 당사자들의 저변에 깔린 의식은, 남보다 큰 땅을 차지하여 남보다 서열적으로 우위를 점하고 최종적으로 승자가 되는 것, 결과적으로 보면 어차피 서양의 경우도 마찬가지이긴 하겠지만 그래도 서양에 비하면 더욱 상대적으로, 바로 남보다 물리적으로 강자가 되는 것 자체가 목적인 듯이 보인다.

11. 백인종과 황인종의 차이에서 오는 것들(1)

✎ 혹시 그런 차이까지 생각해보는 사람이 있을 지 모르지만 예를 들어 우리 서울의 거리와, 근대에 들어와 산업 문명과 과학 문명의 근본적 프레임을 만들었다고 할 수 있는 사람들, 즉 앵글로색슨이 사는 그들의 중심 도시 런던의 거리를 비교해보면 느낄 수 있는 게 있다.

거리라고 하니 건물들과 도로를 생각할 것 같은데 거리의 주인은 다름 아닌 사람이니 그런 사람들이 모여있는 모습을 구경해본다면 일단 런던거리의 경우 사람들이 모여있는 모습은 (그런 데까지 신경 써서 눈여겨보는 사람이 있을지 모르지만) 각자의 다양한 머리카락 색깔 때문에 전체적인 모습이 시각적으로 컬러풀할 뿐 아니라 날이 좋다면 그들의 밝은 색깔의 머리카락이 햇빛에 반사되어 약간 눈이 부시기도 할 것 같은데, 만약에 그들을 정확히 묘사하려면 우리가 흔히 보는 서양화에서와같이 화려한 채색화로 그려야 할 듯하다.

그리고 그들의 패션, 그들을 둘러싸고 있는 건물들, 그리고 전체적인 거리의 모습이 훨씬 화려한 색상인데 우리의 그것들은 상대적으로 칙칙한 무채색의 모습을 하고 있는 듯 보인다(그런데 최근 들어 우리의 거리 모습도 많이 달라지고 있다. 나중에 여기에 대해서 언급하게 될지 모르지만, 여하튼 우리가 서양 문명과 접촉한 후에 여러 면에서 색감의 감수성이 강해진 것 같다).

그렇다면 그들의 컬러풀한 체질과 그들의 주위의 있는 모든 것들의 다양한 컬러와는 무슨 관계가 있을까?

그들이 항상 접촉하는 사람들을 보며 학습한 시각적인 훈련이 다시 외부로 투사되어 그들의 모든 문명의 모습에 색채를 덧입힌 게 아닐까?

그런데 혹여 그렇다 쳐도 그렇게 외부로 투사되는 메커니즘은 어떻게 설명될 수 있을까?

나는 앞에서 황인종의 색채가 무채색이라고 표현했지만, 그 무채색은 흑백을 극단으로 한 스펙트럼이라고 할 수 있다.

예를 들면, 동양의 전통적인 두뇌 싸움인 바둑은 흑돌과 백돌의 싸움인데, 바둑과 비교할 수 있는 서양의 체스는 움직이는 말의 색깔이 컬러이며 일반적으로 흑백은 아니다.

또 동양에서 유래한 무술인 태권도 유도는 도복이 하얗고, 검은 띠 하얀 띠같이 흑백의 조화로 되지만 서양의 레슬링과 권투는 보통 유니폼이 컬러이며, 시합을 할 때는 청코너 홍코너 등 흑백이 아닌 컬러인 청홍을 대비시킨다.

이런 비슷한 예는 찾아보면 수없이 많은데 우리 조상은 예부터 백의민족이라 하여 하얀 옷을 즐겨 입었으며, 우리 조상들이 좋아했던 단아하다는 표현은 기본적으로 색깔이 어지럽지 않고 단순한 색상의 이미지를 가지고 있다.

아마 이 땅의 선인들은 색깔이나 무늬가 복잡한 것을 보면 그렇게 마음의 안정을 찾지 못하고 시각적으로도 약간의 혼란스러움을 느꼈던 듯싶다.

12. 백인종과 황인종의 차이에서 오는 것들(2)

✎ 황인종의 일원인 우리 한국 사람들도 어떤 면으로는, 역시 다양한 색상에는 익숙하지 않은 듯 보이는데 아마 10년도 지난 일인 듯싶다.

교육부(명칭이 자주 바뀌니 지금은 뭐라고 부르는지 모르겠다.)의 학생 지도 지침에, 학생들의 노란색 머리 염색을 허용하지 않는다고 한 적이 있었다. 뭐 그럴 수 있겠다고 생각했지만, 놀랍게도 그 표면적인 이유가 교실 내의 수업 분위기를 망치기 때문이라고 한다.

지금도 그 지침이 유효한지는 알 수 없지만 그 얘기를 들으니 참 황당하고 어이없었다.

그렇게 가까이서 쳐다만 봐도 수업 분위기를 망칠 정도로 심리적인 안정감을 주지 못할 것 같은 빛나는 금발을 항상 자기들의 신체에 당연한 듯 가지고 있는 사람들, 그리고 그런 걸 서로 자연스럽게 받아들이는 사람들과 또 한편으론 그 정도의 다양함에 익숙지 못하고 노란 색깔 머리를 바라보면 정신적으로 혼란스러움을 느낄 수 있는 사람들은 도대체 서로 삶의 방식이 얼마나 달라지게 될까.

아마 그 다름은 문명의 모습에까지 영향을 미치는 것이 당연할지 모른다.

우리가 똑같은 인간의 모습을 하고 똑같은 지구의 공간에 살며, 똑같은 현대문명의 혜택을 누리니 짐짓 모든 우리의 삶이 같을 거라고 생각한다. 하지만 그것은 아직 오산이며, 한쪽에서는 여전히 다른 인종의 모습을 자연스럽게 이해하지 못할 정도로 우리의 내면으로는 생각의 방식이 다르다.

지금의 한국 사람들은 예전보다 인종의 다양함에 많이 익숙해졌다고 하지만 그리 오래전 얘기는 아닌데, 어떤 가정에서는 아들이 데리고 온 금발의 며느릿감을 다만 그 튀는 색깔의 외모 때문에 집안에서 쉽게 받아들이지 못하는 경우도 있었다고 한다.

또 인종 간의 오해를 이야기할 때 빼놓을 수 없는 에피소드는, 금발의 머리를 한 사람은 비밀스러운(?) 부분의 체모도 노란색인가를 궁금해하고 또 그 사실을 처음 알고 믿을 수 없다거나 놀란다거나 하는 일이다.

아마 머리카락의 노란색도 현실적으로 받아들이기 힘든데 설마 감추어진 그 부분의 색깔은 검은색이지 노란색일 수가 없다는 심리를 드러낸 것으로, 우리 황인종이 인간의 신체에 대하여 얼마나 고착적이고 고집스러운 고정관념을 가지고 있는지 여실히 보여주고 있다고 하겠다.

어쩌면 우리는 몰랐지만 사실은 인종의 차이에서 기인하고 있었던 고정관념은, 우리가 스스로 인지하지 못하는 상태로 우리의 무의식의 저변에 자리 잡아서 세상을 보는 방식에도 당연히 영향을 미쳤을 것이다.

13. 동양의 음양사상
· · · · · · · · · · · · · · ·

✎ 나는 앞에서 인간의 시각적 능력은 본능이 아
닌 학습이며 그 학습에 가장 영향을 주는 것은 인간의 모습이라고
하였는데, 그렇다면 앞에서 말한 우리 스스로의 몸에 지니고 있는 색
깔에 대한 고정관념은 우리가 세상을 보는 방법에 얼마나 영향을 줄
수 있는지 생각해보게 된다.

나는 동양 문명의 콘텐츠에서 서양 사람들이 제대로 이해하거나 잘
적응하지 못하는 두 가지, 그게 학문인지 철학인지 사상인지 무식한
나는 잘 모르지만 그런 것이 있다고 생각한다. 그것은 바로 유교와
음양학이다.

나는 개인적으로 유교는 기본적으로 인간의 자율적인 판단과 이성
에 의한 사고를 억압하는 장치이며, 또한 그러한 유교라는 질서는 소
위 만물의 영장이라는 인간에게 있어 내재된 역량과 가능성을 왜소
화시키는 도구로서 기능하고 있다는 생각을 지울 수가 없다. [그런데
이렇게 말하면 식자(識者)는 유교에 대해서 제대로 모르기 때문에 하
는 소리라 할 것이다.]

물론 많이 양보하여 우리가 유교의 순기능을 부분적으로 인정하더
라도, 체질적으로 자기만의 독립된 정체성을 추구하는 서양 사람들에
게는 아무리 미사여구로 포장한다 한들 그것은 질서를 가장한 창살

없는 감옥이며, 절대로 그들 사회에는 받아들여질 수 없는 성질의 것이라고 감히 생각해본다.

일단 유교는 사람 간의 관계에서 마찰이나 충돌을 피하는 장치로서 작동하기 때문에 언뜻 무슨 획기적인 평화 지향적인 윤리인 것처럼 보이나 역시 서양인들에겐 기괴하게 보일 뿐이며, 다만 문화의 상대성으로서만 이해될 뿐이다.

그리고 기원전에 중국에서 생겨났다는 음양학은 기본적으로 어둠과 밝음, 즉 흑백의 대비를 기본으로 하여 여러 가지 해석을 덧붙이고 오행설과 합쳐지고 조선의 성리학에까지 영향을 미쳤다. 현재에도 여전히 동양철학의 주요한 자양분이 되고 있다.

그렇지만 다채로운 색감으로 외부에 투사하여 세상을 이해하는 서양 사람들에게, 기본적으로 흑백의 단조로움과 무채색의 세계는 그 학문의 이해를 위해 아무리 심오한 주석을 덧붙이더라도 그들에게는 전혀 생명력이나 영감을 느끼지 못하는 영역이 되지 않을까 싶다.

말하자면 음양설은 필자가 앞에서 언급한 보이지 않는 곳의 체모는 당연히 검은색일 거라는 단조로운 색감의 세계, 즉 스스로의 모습을 보며 무채색의 한계를 벗어나지 못하는 황인종의 시각적 학습과도 관련이 있을 것이라고 나름대로 생각해본다.

그저 어둡고 밝을 뿐인 그 무채색의 벽을 넘으면, 인간의 감성과 영감을 일깨우고 창의성을 자극하는 컬러풀한 신세계가 펼쳐지고 있을지도 모를 텐데 말이다.

14. 총천연색의 추억
· · · · · · · · · · · · · · · · ·

✎ 나는 어렸을 때 극장에 가는 걸 좋아했다.

그때가 아마 초등학교 2, 3학년 때부터니 1960년대 초반인 것 같다.

그 당시에는 달리 특별한 오락거리도 없었고(성인들 기준으로 얘기하자면), 내 또래 아이들은 거의 만화책을 좋아하지 않았나 싶다.

지금 돌이켜보면, 일단 어두운 실내 안에서 화면이 살아 움직이는 게 마치 요술처럼 느껴졌나 보다. 그리고 그 시절 가난했던 우리네와 달리, 특히 서양영화에서 비춰주는 풍족하고 여유로운 삶의 모습과 시선을 빼앗는 화려한 화면의 배경과 실제 생활에선 상상할 수 없는 여러 가지 주제의 이야기들은 나로 하여금 그 시간 만큼은 현실의 모든 것을 잊게 해주는 꿈의 마술이었을 것 같다.

그때는 영화의 변천사로 볼 때 전통적인 흑백영화에서 총천연색, 즉 컬러영화로 바뀌어 가던 시절이었는데, 특히 화려한 컬러영화가 주는 감흥은 어둡고 칙칙한 흑백영화의 그것과는 비교가 되지 않았다. 어떤 영화를 컬러로 알고 영화관에 갔다가 막상 영화가 시작되고 보니 흑백영화인 것을 알았을 경우는 굉장히 실망을 했던 그런 기억이 난다.

그 시대의 흑백영화에서는 예를 들어, 원래는 빨간색으로 보여야 할 것도 화면에 까만색으로 나오는데 그때 들은 얘기로, 어차피 화면에서는 색깔이 정확히 구분이 안 되니 영화를 찍을 때 피를 흘리는 장면의 경우 빨간색의 물감이 필요하더라도 적당한 게 없으면 그냥 비슷한 짙은 색의 물감을 사용했다고 한다.

그런데 지금 돌이켜 봤을 때 그 당시에 만약, 내가 보던 영화가 모두 흑백이었다면 영화관에서의 시간이 그렇게 강렬하고 아름답고 꿈같은 기억으로 내 머릿속에 남아있을까 하는 생각이 든다.

그만큼 컬러는 우리의 시각을 통하여 뇌의 내가 알지 못하는 어떤 부분인가를 활성화시키고 훨씬 감성을 더 자극하며, 우리의 영감의 영역에까지 영향을 주는 게 아닐까 하는 생각을 해본다.

내가 앞에서 우리의 보는 행위는 본능이 아니라 훈련이라고 감히 말했다.

그렇다면 몸에 컬러를 가진 사람들은 평소에 서로를 바라보는 시각적인 훈련을 통하여 외부의 대상들을, 몸이 무채색인 사람들보다, 상대적으로 컬러의 필터를 통해 보지 않을까?

(이게 갑자기 무슨 얘기인지 다음 장에서 설명해보겠다.)

만약에 외부의 대상들이 똑같은 모양을 하고 있더라도 그것들이 다양한 컬러의 옷을 입고 우리에게 다가온다면 당연히 우리는 거기에 유혹되어 그 사물들을 꿰뚫을 듯이 눈을 반짝이며 볼 것 같다.

마치 내 어렸을 때의 기억 속에 남아있는, 흑백영화가 아닌 총천연색영화를 보는 것처럼 말이다.

15. 동양화와 서양화의 차이
· ·

✎ 나는 동양화와 서양화를 비교하는 걸 좋아한다.

똑같은 풍경화라도 동양화는 흑백의 수묵화로 그리고 서양화는 화려한 채색화로 그리는데, 동양과 서양이 세상을 보는 시각이 그만큼 다르다는 나의 착각(?)을 확인시켜 주는 것 같다.

내가 언젠가 온라인상에서 그렇게 동서양의 전통적인 그림의 차이를 얘기했더니 어떤 사람이 거기에 반박하며 동양 문명권의 화려한 색채로 된 다수의 공예품과 풍경화를 보여주었는데, 나는 동양에서도 그렇게 컬러로 된 예술품이 많으리라고는 생각을 못 한 것 같다.

그런데 여기서 일반화의 오류가 아닌 일반화의 룰이 필요할 것 같다.

만약에 내가 동양인은 서양인보다 키가 작다는 명제를 제시했을 때, 누군가가 나서서 농구선수 서장훈이나 하승진이나 아니면 NBA에서 활동했던 중국의 2미터 26센티의 야오밍의 예를 들어가며 동양인이 서양인보다 결코 작지 않다고 한다면 그걸 적절한 반론이라고 할 수 있을까?

어떤 경우에도 동양인이 서양인보다 작다는 명제는 부정할 수 없으며 그와 같이 비록 예외가 있다 할지라도, 일반적으로 동양화는 무채색의 흑백이며 서양화는 채색화라고 해도 무방하다.

어쨌든 동서양 양 지역에서 전통적으로 그려지는 그림의 모습이 서로 다른 뚜렷한 특징을 보이고 있다면 그것은 어쩌면, 여기서의 나의 방식으로

애기하자면, 각각의 문명권에서 근본적으로 시각적인 훈련과 학습이 다르다는 걸 의미할지도 모른다.

즉, 서로 다른 시각적 학습은 똑같은 대상을 보더라도 그 대상을 다른 방식으로 인식하게 하며, 그것을 화폭에 옮긴 결과가 우리가 보듯이 양 지역에서 다르게 표현되는 것이다.

그렇게 서양인은 같은 풍경을 보더라도 총천연색영화를 보는 것처럼 눈을 반짝이며 응시하고, 다시 화려하고 빛나는 채색화로 그려내는 게 아닐까?

그러고 보니 나만 그렇게 느껴지는지 모르겠지만, 백인종의 눈은 황인종의 눈보다 뭔가를 응시하는 모습이 훨씬 반짝이고 진지한 것처럼 보인다.

16. 서양인은 색감에 대한 감수성이 강하다

✎ 오래전에 인터넷에서 19세기에 일어났던 병인양요 때 프랑스군을 따라왔던 종군 화가가 쓴 글을 우연히 본 적이 있는데, 그 글을 읽고 나름대로 충격(?)을 받았던 기억이 난다.

그 당시에 군함을 타고 강화도에 도착했을 때, 배에서 조선의 강토와 구경나온 사람들의 모습을 바라보고 그렇게 눈에 보이는 조선의 산하와 사람들을 묘사했는데, 하나하나 색감과 빛깔을 생동감 있게 표현한 것이다.

물론 그는 당연히 화가이기 때문에 색깔에 대한 감수성이 남보다 뛰어났을 거라고는 추측할 수 있지만, 나는 그때까지 50년 이상을 살며 그렇게 쓴 글(한국 사람이 쓴)을 읽어본 일이 없었기 때문이었다.

그는 눈에 보이는 존재들을 색깔이라는 매개를 통하여서만 비로소 인식하는 것 같았고, 아니면 모든 대상에 색깔을 덧입혀서 대상과 색깔을 1대1로 대응하여 인식한다는 생각이 들었다. 그렇다면 그들에게, 세상의 모든 대상은 서로 차이를 보이는 다양한 색깔로 구분되어 나타나고, 그만큼 더욱 확실하게 인식이 될 것 같다.

여기서 설명이 좀 필요할 것 같은데 동양인은 눈앞에 보이는 대상을 묘사할 때 색깔을 그렇게 개입시키지 않는다. 약간은 나태하고 두루뭉술하게 표현하기도 하며, 상대적으로 전체적인 인상을 중요시하는 것 같은데 역시 그림을 그릴 때도 그런 식으로 나타난다.

그렇다면 똑같은 사물을 인식하더라도 상대적으로 색깔을 뚜렷하게 개입시켜 인식하는 것과 그렇지 않은 것은 어떤 차이가 있을까?

앞에서도 언급했듯이 대상을 볼 때 색깔을 매개로 하여 인식하는 그들이 뭔가를 바라보는 모습은, 이것이 나만이 착각일지 모르지만, 동양인보다 훨씬 진지하고 눈빛은 반짝거리는 것처럼 보이는데 그 순간 뇌의 어떤 부분도 그만큼 활성화되지 않을까 싶다.

그러고 보니 우리가 본다는 표현과 거기에 대응하는 영어의 'see'는 역시 의미에서 약간의 차이가 있는 것 같다.

모두가 알고 있듯이 영어의 see는 때로는 understand의 뜻도 가지고 있다. 그저 바라보는 게 아닌 시각을 통하여 조금이라도 더 고도화된 두뇌의 작용이 동반되는 상태를 가리킨다고 한다면 그들이 뭔가를 바라볼 때의 눈빛, 때로는 대상을 꿰뚫을 듯이 바라보는 모습이 이해가 가기는 한다.

(그런데 여기서 밝혀둘 게 있는데, 앞에서 예를 든 종군 화가의 얘기를 다시 확인하려고 아무리 인터넷을 뒤져봐도 찾을 수가 없었다. 누군가 그 텍스트를 찾을 수 있다면 좋겠다.)

17. 서양인들은 색깔을 잘 구별한다

✎ 언젠가 TV를 보다가 일종의 교양프로에서, 진행자가 파란색을 예로 들며 그 파란색 계통 안에서 미세한 차이를 보이며 구분되는 색깔들(즉 영어로 gradation)을 보여주며 러시아 사람들은 이런 비슷한 색깔들의 미세한 차이를 한국인보다 훨씬 빠른 시간 안에 구별한다는 얘기를 했다. 그러고서 그 이유는 말하지 않았는데, 나는 당연히 서양인은 체질직인 이유로 자연스럽게 색깔을 구별하는 훈련을 하기 때문에 당연히 그런 능력이 있을 거라고 추측을 했다.

(특히 예를 들어 백인의 체질적인 특징의 하나인 파란색 눈은 사람마다 같은 파란색이라도 미세한 색조 또는 gradation의 차이를 보인다.)

반면에 한국인은 색깔의 감수성이 서양인보다 상대적으로 약하며, 색깔이나 무늬가 복잡하고 요란한 것에는 별로 관심을 보이지 않거나 약간은 거부반응을 보이기도 한다. 원래의 동양화에서 어지러운 색상의 추상화 같은 장르는 생각할 수도 없고, 그런 형식의 그림은 전통적인 화풍에도 별로 어울릴 것 같지도 않다.

전통적으로 한국인은 단아하다는 표현처럼 단순한 색상을 선호하는 편이고, 색깔의 구분도 상대적으로 다양하게 분화되지가 않았다. 예를 들어 파란색과 초록색을 혼동하기도 하는데, 아직도 우리는 습관적으로 신호등의 색깔을 보고 그것이 녹색인데도 파란색 신호등이라고도 한다.

(이렇게 말하면 어떤 한국인들은 우리나라 사람들이 훨씬 색깔을 미세하게 구분한다고 하면서 같은 노란색이라도 노랗다, 샛노랗다, 노르스름하다, 누리끼리하다 등등 얘기하는데, 그것은 시각으로 느끼는 감정적인 표현이지 앞의 예하고는 좀 다른 것 같다. 그 차이는 독자들이 잘 생각해보면 좋겠다.)

또 원래 다양한 색깔의 꽃을 감상하는 문화도 서양이 훨씬 발달해 있으며, 그들의 입는 옷이나 사는 집의 색상도 내가 보기에, 동양보다 한층 컬러풀한 것처럼 보인다.

그러나 최근엔 우리를 둘러싸고 있는 모든 것들이 옛날에 비해서 보다 다양한 색상을 보이고 있는데, 내 개인적인 생각으로는, 자꾸 언급하게 되듯이 물론 전보다 삶이 여유로워진 점도 있지만, 거기에 더하여 서양문명과 본격적으로 교류하면서 우리도 모르게 서구 문화의 영향을 받아 우리 한국인들이 예전보다 훨씬 다양한 컬러를 자연스럽게 받아들이게 된 것도 원인이 아닌가 싶다.

(예전에 개인적으로 만난, 대학에서 불어를 가르치는 어떤 프랑스인 교수가 말하기를, 학생들에게 출제한 시험 내용 중에 '여기 파란 사과가 있다.'를 불어로 쓰라고 한 부분이 있었는데, 자기는 내심 녹색 사과(pomme verte)라고 쓸 것을 기대했으나 진짜로 파란 사과(pomme bleue)로 학생들이 답을 썼다며, 실제로 파란색의 사과가 어디 있느냐 하며 의아해하던 모습이 기억이 난다. 그런 예를 보면 역시 한국인이 인식하는 색감에서는 아직도, 주요한 기본색깔인 파란색과 녹색의 분화가 확실히 완성된 게 아닌가 하는 생각이 든다.)

18. 서양인에게 본다는 건 색을 구분하는 행위이다

✎ 나는 앞에서 아기가 태어나서 엄마의 얼굴과 눈매를 익히며, 다른 사람들과 구별하는 훈련을 한다고 했는데, 당연히 서양의 아기들은 거기에 더하여 사람마다 다른 색깔의 차이까지 인식하게 될 것이다.

그처럼 모발과 눈에 다양한 색깔을 가지고 있는 그들은 태어나면서 사람들의 서로 다른 머리카락 색깔과, 눈을 마주치며 눈동자가 가지고 있는 사람마다의 색깔의 미세한 차이를 학습하며 엄마와 주위의 사람들을 구별하게 된다.

그러면서 그들은 이 세상의 사물들은 다 색깔을 가지고 있고 색깔로 구분되며, 이 세상은 서로 다른 색깔로 이루어진 공간이라고 학습한다.

어쩌면 내 생각인데, 그들의 보는 행위는 색깔을 구분하는 행위인지도 모르겠다.

우리가 사람을 구분한다는 것은 삶에서 무엇보다도 중요한 일인데, 더구나 옛날은 지금보다 훨씬 엄혹한 시대였기 때문에 누가 나에게 선의를 가지고 있는지 아니면 악의를 가지고 있는지 그것을 구별하고 기억하려면 서양인들의 경우에는, 동양인들과 달리 아마 사람마다 서로 체질적으로 다른 색깔은 아주 중요한 의미로 다가왔을 것 같다.

그래서 그들은 사람을 대상으로 화폭에 그릴 때도 채색화로 나타내야 할 필요가 있었나 보다.

언젠가 TV에서 언뜻 본, 제목도 모르는 프랑스 영화의 한 장면이다.

10살 정도의 꼬마가 밖에서 놀다가 집에 들어가니 엄마가, 너 없는 사이에 친구가 찾아왔었다고 말한다(이런 상황은 어렸을 때 흔히 있을 수 있는 설정이다).

아들이 엄마에게 물어보길 "왔다 간 얘가 누구야?" 하니

엄마가 대답하기를 "처음 보는 아이던데." 한다.

그럼 꼬마로서는 찾아온 친구가 어떤 친구인지 특정하기 위하여 친구의 외모를 물어보는 게 순서다.

나는 그 장면을 보고 내가 어렸을 때의 똑같은 경우를 상정해봤는데, 나는 아마 어머니에게 이렇게 물어봤을 것 같다.

일단 '무슨 옷 입었어요?' (그런데 옷은 바꿔입을 수 있으니 결정적인 것은 되지 못한다.) 그런 다음 '그 친구 키가 커요, 작아요? 뚱뚱해요, 말랐어요?' 아마 이런 식이었을 것 같다.

그런데 그 프랑스 꼬마는 대뜸 되묻기를 "그 애의 머리카락 색깔이 어떤 색이었어요?"라고 엄마에게 말한다.

이해를 돕기 위해 아주 짧은 상황을 예로 들었는데 그처럼 아주 자연스럽게 사람을 색깔로서 이미지화하여 누군가를 특정하고 구분하는 데 익숙한 사람들과 그렇지 않은 사람들은 각각 만들어내는 문명의 모습도 서로 다를 것이라는 건 너무나 당연하지 않나 싶다.

(다시 말하지만 나는 서구 사회에 장기간 거주한 적이 없다. 아마 대부

분의 사람은 백인 국가에 가서 거주해 살더라도 저런 류의 대화를 듣는다면 그냥 흘려 넘겨버릴 것이다. 그건 당연하다. 당사자가 그런 대화에 별로 의미를 두지 않기 때문이다. 예를 들자면, 미국의 인류학자 루스 베네딕트는 1940년대 태평양전쟁이 끝난 뒤 일본을 가보지도 않고 『국화와 칼』이라는 저명한 책을 썼는데 그것은 일본에 대한 날카로운 문명비평서로, 지금까지도 일본인과 일본 문화를 이해하는 데 도움이 되는 가장 대표적인 책으로 알려져 있다.)

다시 얘기하지만 본다는 것은 본능이 아니고 학습이며, 학습에 영향을 미치는 가장 중요한 대상은 사람 그 자체의 모습이다. 인간의 문명이란 애초에 어떤 지역에 사는 특정한 외모를 가진 인간 집단이 세상을 보는 자신들만의 방식에 따라 만들어가지 않았을까 다시 한 번 생각해본다.

19. 『총, 균, 쇠』와 『생각의 지도』

· ·

✎ 아마 인지도로 보자면 위의 두 권의 책 중에서 재레드 다이아몬드의 『총, 균, 쇠』가 리처드 니스벳의 『생각의 지도』보다는 더 알려졌을 것 같다.

그런데 뜬금없이 저렇게 저서 둘을 나란히 거론한 것은 일단 내가 관심을 가지고 있는 주제와 관련이 있기도 하거니와 또한 내가 볼 때 위의 두 책은 서로 대립되는 내용을 담고 있는 듯하기 때문이다.

동양과 서양을 비교하는 것 또는 서양이 근대에 들어와 왜 동양을 앞서게 됐는가를 따지는 것은 끊이지 않는 화수분처럼, 그렇지만 쉽게 결론이 나지 않는 주제인 것처럼 보인다.

먼저 총, 균, 쇠는 전체의 내용을 보자면, 우리 인류의 문명은 절대적으로 환경의 영향을 받는다는 환경결정론으로 귀결을 지어도 무방할 듯한데 아마 학계에서나 보통의 일반인 사회에서나 드러나진 않지만 여전히 위세를 떨치는 백인우월론자들, 보이지는 않지만 항상 잠복해있는 그런 사람들 때문에 의기소침해있는 부류에게는 위로가 되는 책으로 보인다.

물론 책 내용의 전개 과정이나 짜임새는 나 같은 문외한이 감히 범접할 수 없는 수준의 책이지만 일개인의 독자로서 비평하자면, 예를 들어 개개인의 삶도 마찬가지겠지만, 어떤 지역의 삶의 모습이 전적으로 환경에 의해서만 결정된다는 이론에는 쉽게 동의할 수가 없을 것 같다.

반면에 생각의 지도는 각각 동양인과 서양인의 근본적인 생각하는 방식에 접근하여 분석하고, 그것이 서로 얼마나 다른가를 보여주는 책이므로 일단 환경결정론과는 거리를 두고 있다. 아쉬운 점이 있다면 그럼 왜 그렇게 양 지역 주민의 생각하는 방식이 달라지게 됐는가에 대해서는 충분히 다루지 못하고 있는 것 같다.

다만, 생각의 지도는 그렇게 양 지역 주민의 생각하는 방식 자체가 다르므로 동양과 서양이 이룩한 문명이 다를 수밖에 없다는 것을 암시하고 있다.

나는 이 두 책을 비교하는 데 있어서 이해를 돕기 위하여 서양의 에디슨과 동양의 맹모삼천지교의 예를 들고 싶다. 결론적으로 말하자면 어떤 지역이 보여주는 문명의 궤적이라는 것도 결국 개인의 삶이 보여주는 과정과 별다를 게 없을 것이라는 게, 부족하지만 필자의 지론이기 때문이다.

그 점에 관하여는 다음 장에서 계속해보기로 하겠다.

20. 사용설명서

∙∙∙∙∙∙∙∙∙∙∙∙

✎ 내가 인터넷에서 검색해보니 우리에게는 각각 60조 개의 DNA가 있다고 한다. 당연히 우리 인류에게 그보다 더 많은 DNA풀이 있고, 사람마다 특정한 60조 개의 DNA의 조합이 주어져서 특별한 개성과 개체성을 가진 '내'가 이루어진다고 한다.

그렇게 무려 60조 개의 '서로 다른 DNA의 조합'을 가진 각자는 그런 유니크한 조합에 맞는 자기에게 최적한 그리고 가장 바람직한 삶의 방식이 있을 것임에도 불구하고 우리는 유감스럽게도 태어나면서 그런 것을 알 수가 없다.

또한, 나와 똑같은 DNA의 조합을 가진 사람은 확률적으로 볼 때 역사가 생긴 이래 나 이전에도 없었고, 아마 나 이후에도 쉽게 나타날 것 같지가 않다.

그런데 보통 공장에서 만들어진 제품에는 사용설명서라는 게 있지만, 우리는 어떠한 모습으로 살아가야 자기의 DNA 조합에 맞는 가장 효율적이고 성공한 삶을 살아가는지에 대한 정보를 알 수가 없다.

다만, 모든 사람마다 당연히 다른 개성과 재능이 있고 따라서 자기에게 특화된 장점의 역량을 최대한 발휘할 수 있는, 자기만의 길이 있다는 것밖에는 유추할 수가 없다.

내가 생각하기에 발명가이자 과학자로서는 인류사에서 첫손에 꼽

는다고 해도 무리가 없을 것 같은 에디슨은, 그의 유명한 말에 "천재는 1%의 영감과 99%의 노력으로 이루어진다."라고 했지만, 세상의 호사가들은 영감과 노력의 위치가 바뀌었으며 에디슨은 그만큼 노력을 강조하기 위해서 그렇게 99%의 노력이라고 표현했을 뿐이라고 말한다.

(그런데 우리는 보통 천재라고 하면 공부를 잘한다, 즉 기존에 있는 지식을 효율적으로 빨리 습득한다는 의미로 생각한다. 하지만 서양인은 창조력의 원천이 되는 영감을 천재에게 필요한 자질로 여김을 보는데, 여기서도 우리는 천재를 정의하는 동양과 서양의 시각 차이를 알 수 있다. 그리고 한 가지 덧붙이자면, 아르키메데스, 뉴턴, 가우스가 역사상 위대한 3대 과학자로 여겨진다고 한다. 아무래도 필자의 과학적 전문 지식이 짧고, 아마 에디슨이 필자와 시간적으로 가까운 현대에 살았던 인물이라 그렇게 위대한 인물로 느껴지는 모양인데 이것도 넓게 보자면 착시 현상의 일종인지 모르겠다.)

그리고 동양권에서 많이 회자되고 있는 맹모삼천지교(孟母三遷之教)는 모두가 알다시피, 자식을 교육시키는 데 있어서 주위 환경이 얼마나 중요한지를 잘 나타내고 있다.

그런데 미안한(?) 얘기지만, 맹자는 일단 공부를 잘하는 DNA를 어느 정도 타고났을 것이며, 현재 우리나라의 세속적인 기준으로 따지자면 적어도 학교의 이름을 얘기할 순 없다 해도, 소위 서울의 일류 대학을 가는데 유리한 자질을 기본적으로 갖추었을 것이라 추정해도 무리는 없을 것 같다.

이렇듯 환경만이 전적으로 개인의 삶을 좌우할 수 없는 것처럼, 어떤 지역의 문명의 모습도 재레드 다이아몬드가 주장하는 것과 같이 전적으로 환경의 영향으로만 결정되는 것은 아닐 거라고 필자는 감히 생각해본다.

(나는 '만능'의 인터넷에서 인간이 가지고 있는 DNA의 숫자를 60조 개로 검색했지만, 어쩌면 그 숫자가 틀릴지도 모르겠다. 만약에 그렇더라도, 어떻든 일반인이 가늠하기는 너무나 많은 숫자이므로 혹시 잘못된 정보라도 독자들의 이해가 필요할 것 같다.)

21. 영감의 차이
. . . .

✎ 근현대 들어와 인류는 소위 본격적인 서세동
점(西勢東漸)의 시대에 살고 있고, 아직도 동서양 간에 그 힘의 기울기
는 여전히 유지되고 있으며, 다만 20세기에 들어와 전통적으로 동양
의 중심은 아니었던 극동의 어느 섬나라에 의해서 단기간의 반동(그
것도 오직 경제적인 측면에서)이 있었을 뿐이다.

그런데 근래에 들어와 그 나라보다 10배(정확히 말하면 11~12배)의
인구를 가졌고, 오랜 기간 동양 문명의 중심이라고 자부했던 어느 대
륙 국가의 물량과 볼륨의 공세에 인류 문명은 최근 들어 더욱 앞을
알 수 없는 또 다른 시험대에 오르고 있다.

더구나 자신들을 오래전부터 천하의 중심으로(비록 동양 문명권의
세계관 안에서 이기는 하지만) 여겼던 그 대륙 국가는 멀지 않는 과거
에 한동안 서양 세력으로부터 유린당했다는 기억을 잊지 않고 있다
는 데서 염려를 더해주고 있다.

근대 이후 인류는 전쟁과 식민 지배 그리고 인종 갈등의 어두운 역
사를 가지고 있다고 하지만 그렇다고 인류 문명의 진보를 이끌어온
백인의 역할과 공헌까지 지울 수는 없을 것이다.

중세 이후에 서구 문명이 동양을 압도하게 된 것도 르네상스 이후
로, 그들의 체질 속에 응축돼있던 유럽인의 영감이 폭발한 것이며 다

만 말하기 좋아하는 사람들은 과거의 인류역사에서 한동안 동양이 서양을 앞질렀다고 한다. 내 생각에 그것은 앞에서 얘기한 볼륨과 물량빨(?)의 차이일 뿐 그 이상도, 그 이하도 아니며 동양이 보다 우월한 차원의 문명의 모습을 보여준 건 결코 아니라고 본다.

백번 양보해서 비교하는 관점에 따라서 동양이 서양을 앞선 시기가 있었다 할지라도 그것은 토끼와 거북이의 경주에 불과할 뿐이며 다만 그 시기가 문제일 뿐, 서양인은 그들의 체질적 인프라로 볼 때 언젠가 인류의 문명을 근본적으로 업그레이드시킬만한 그들만의 퍼텐셜이 폭발하게 되어있었을 거라고 생각해본다.

그렇듯 체질적으로 컬러의 필터를 통하여 세상을 보게끔 훈련된 그들은 특유의 영감이라는 영역, 즉 상대적으로 동양인에게는 미약한 부분을 활성화시켜서 지금 우리가 누리는 수많은 문명의 이기를 발명해냈던 것이다.

22. 그리스와 중국은 떡잎부터 달랐다

· ·

✎ 기원전 몇 세기 동안 동양과 서양은, 정확히 말하자면 중국과 그리스에서는 각각 비슷한 시기에 오늘날의 동서양 문명의 뼈대를 이루고 현재 우리의 삶까지도 영향을 미치는 현자들과 학자들이 많이 등장했다.

그들은 공히 양 지역에서 스스로 인간을 어떻게 이해할 것인가 또는 세상을 어떻게 지혜롭게 살아갈 것인가에 관하여 설파했으나 동양의 철학은 보다 더 인간관계의 질서와 살아가면서 각자의 위치에서 지켜야 할 본분과 소임, 또는 책임과 의무에 관하여 더 할애된 것처럼 보인다.

특기할만한 것은 그리스에서는 그 당시에 인간을 연구하는 학문에 더하여 오늘날 서양 학문의 기초가 되고 이후로 전통적인 동양 문명과 차별화를 이루게 하는 실체인 수학과 과학의 토대가 이루어졌다는 차이가 있다.

그들은 물과 불, 나무, 쇠 같은 자연계의 물체에 대하여 속성이 어떻게 되는지, 분리하면 어떤 물질로 이루어져 있는지에 관심을 가지며 오늘날 우리가 이야기하는 과학의 기본 개념을 확립하였다.

우리가 지금 'science'라고 알고 있는 단어는 'sceadan'에서 유래하는데, 그 뜻은 '나누다', '분리하다'라는 뜻으로, 세상을 잘게 나누어진 개체의 집합으로 이해하는 서양인들의 전통적인 자연관을 나타낸 것이다.

그것은 아마 필자가 앞에서 언급한 것처럼 서양인들에게 세상은 시각적인 학습에 의하여 서로 다른 색깔로 이루어진 공간, 그래서 보다 더 확실하게 구분되어 나누어진 공간, 더 나아가 개체로 이루어진 공간이 된다는 뜻을 내포한 게 아닌가 싶다.

약간 실없는 얘기를 하자면 보통 과학이라고 하면 다른 사람들은 어떤 이미지가 떠오를지 모르지만, 나는 하얀 콧수염을 기르고 하얀 가운을 입은 할아버지가 실험실에서 유리관이나 비커 안에 있는 물질을 이리저리 부어가며 연구에 몰두하는 장면이 떠오른다.

아마 그런 식으로 어떤 물질을 분리도 하고 조합하며, 그러는 과정에서 그것들이 어떻게 변하는지 실험하기 위해서는 우선 아주 기본적인 단위의 물질에 대하여 알아야 할 것 같다.

그와 같이 서양에서는 세상의 모든 개체가 기본적으로 속성을 가지고 있다고 생각했고, 그것을 해석·분리하고 분류·조합하는 행위를 하면서 점점 과학의 토대를 이루게 되었다.

하나 덧붙이자면 고대 그리스인들은 모든 자연계의 현상과 거기에 관련된 학문, 예를 들어 아르키메데스의 기하학이나 피타고라스의 수학처럼 자기들이 관심을 갖거나 연구하는 것이 당장 실질적인 결과물이 나오지 않는다 하더라도 그러한 지식 자체에 대한 순수한 호기심이 있었다. 반면에 고대 중국인들은 실생활에 도움이 되지 않는 것, 즉 요사이 버전으로 말하자면 당장 돈이 되지 않는 것이라고 할까, 그러한 것에는 별로 관심이 없었다고 한다.

그런 차이점도 동양과 서양의 문명이 필연적으로 서로 다른 길을 갈 수밖에 없었던 이유 중의 하나가 아닐까 하는 생각을 해본다.

23. 일본과 노벨상

· · · · · · · · · · · · · · ·

✎ 최근 들어 일본은 국가 전체가 노벨상 모으기
에 혈안이 되어있는 것처럼 보인다.

아마 1980년대의 경제 버블기에 서구 사회로부터 들었던 economic
animal 또는 모방의 천재 같은 비아냥이 그들로 하여금 축적된 노벨
상의 규모가 진정한 선진국이 가져야 할 트로피로 여기게 했을지도
모르겠다.

당시 내가 기억하기에 일본의 경제 규모는 일본 인구의 두 배가 넘
는 미국의 3분의 2까지 쫓아갔으며, 유럽의 3대 강국인 영국과 프랑
스 그리고 통일 이전 서독의 경제 규모를 합친 것보다 많았다.

그렇지만 그들의 경제적인 성공은 철학 없는 벼락부자처럼 어딘가
모르게 공허하게 느껴졌으며 국방은 미국이 지켜주고 그저 국가의 역
량을 경제에 올인하여, 하늘 높은 줄 모르고 쌓아 올린 기형적인 바
벨탑같아 보였다.

당연히 서구에서는 인류에 기여한 바가 없고 국제 무대에 데뷔한
지 얼마 되지 않는 동양의 신흥국가가, 자기들이 오랜 세월 힘들여 깔
아놓은 시스템 위에서, 초대받지 않은 최고의 주인공이 되려 하는 걸
계속 두고 볼 수만은 없었고, 그들도 인내의 임계점에 도달하니 일본
을 불러들여 소위 지금도 회자되고 있는, 결과적으로 gamechanger

가 된 역사적인 사건인, 플라자 합의를 받아들이게 하는 상황에까지 이르렀던 것이다.

어쨌든 당사자인 일본 측에서도 최소한 역사적인 배경에 비추어 자기들의 분수를 아는 능력은 있었던지 순순히 거기에 응하는 것 외에는 다른 방법이 없었고, 그렇게 하여 끝을 모르던 일본의 폭주 기관차, 그리고 한여름 밤의 화려한 잔치는 끝이 났는데 이건 다 우리가 아는 역사적인 스토리이다.

그 이후로 일본은 서구 사회로부터 진정한 선진 국가로 인정받기 위하여 거의 국책으로 보일 수밖에 없는, 노벨상 모으기에 매진하게 된다. 예를 들면 어느 연도까지 달성해야 할 구체적인 노벨상 숫자의 목표까지 세워놓기도 하며, 들리는 말에 의하면 노벨상 위원회가 있는 스웨덴에 사무실을 차려놓고 그들의 연구 성과를 알리는 일에 매달리고 있다고 하는데, 우리는 그런 것을 로비라고 불러도 지나치지 않을 것 같다.

어쨌든 일본은 요즈음 몇 년 사이에 노벨상 수상자가 거의 끊이질 않고 나오는 걸 보면 그들의 노력에 소기의 성과가 있는 것처럼 보이기도 한다. 하지만 유감스럽게도 최근 들어 더욱, 노벨상의 선정에 있어서나 노벨상 그 자체가 주는 이미지에 있어서 초창기의 순수함은 많이 퇴색된 것 같고, 국가 간 나눠 먹기나 수상자 짜맞추기식으로 변질되어가고 있다는 느낌이 든다. 그도 그럴 것이, 일본이 그렇게 근년에 들어와 수상한 노벨상 가운데 인류의 복지나 실생활에 특별히 획기적인 임팩트를 줄만 한 그런 연구나 발명의 성과가 과연 있었을까 하는 생각이, 물론 필자가 과학 부문에 아주 문외한이기는 하지만, 그런 생각이 들기도 한다.

어딘가에서 본 글이지만, 어떤 일본인이(유명한 사람은 아님) "우리 동양인은 서양인이 어떤 범위를 정해놓으면 그 안에서만 잘한다."라는 약간은 의미심장한 말을 하였는데, 내가 보기에는 동양인은 예측 가능한 범위 안에서 능력을 잘 발휘한다고 해야 할 것 같다.

어찌 됐든, 여전히 어떤 새로운 차원의 경지에 첫발을 내딛는 역할은, 체질적으로 영감이라는 영역을 발휘하는 서양인의 몫으로 아직까지 남아있지 않나 하는 생각을 하게 된다.

그런데 앞에서 언급한 것처럼 일본의 경제 호황기에 서구의 언론들이 일본인을 모방의 천재라고 비웃자 일본인들은 창의력도 모방하겠다고 했지만 글쎄 얼마만큼 창의력도 모방했는지는 모르겠다.

동양과 서양을 비교하다가 자연스럽게 일본 얘기를 하게 됐는데, 이렇게 나에게 주어진 자유로운 공간 안에서, 부족한 식견이나마 주제넘지(?) 않게 이 책의 주제와 관련 있는 일본과 중국 그리고 당연히 우리나라의 이야기도 해보려고 한다.

24. 중국의 4대 발명

· · · · · · · · · · · · · · · · ·

✎ (이쯤에서 다시 한 번 정리하자면 이 책은 동양인과 서양인의 외모 차이가 양 지역 문명의 차이를 이루게 했다는 필자의 다소 일방적인 주장을 쓴 글이며, 모든 내용도 약간은 무리할 정도로 거기에 맞춰져 있다. 또한, 되도록이면 수필의 형식을 벗어나지 않으려고 한다.

나는 명망 있는 학자의 저서를 심도 있게 연구하는 능력도 없다. 다만, 때때로 그런 것들을 극히 단편적인 지식을 가지고 나의 주장에 인용할 뿐이다.)

청나라가 근대에 들어와서 서양에 문호를 개방한 이후 지난 세기 동안 서양과 동양의 학자들이 중국에 과연 과학이 있었는지에 대한 논쟁이 있었는데, 대표적으로 영국의 조지프 니덤과 중국의 철학자 펑유란(馮友蘭)을 들 수 있겠다.

조지프 니덤은 영국인으로 과학사학자(科學史學者)로 알려진 인물이며, 그 유명한 중국의 4대 발명이란 말을 처음으로 만들어낸 학자이다.

그는 중국에 특별한 애착을 가지고 있었고, 통칭 '중국을 사랑한 학자'로 알려졌는데 중국의 역사에는 서양인의 편견과는 다르게 우리가 모르고 있던 수많은 과학적인 업적과 발명품이 있다고 연구 성과를 발표했다. 반면에 20세기 중국의 대표적인 철학자 펑유란은 전통적으로 중국에는 과학이 없었다는 주장을 견지했다.

그럼 여기서 과학이 무엇인지 다시 한 번 정의를 내려야 할 것 같다.

일본에서 서양 문물이 한창 도입되던 개화기에 서양 학문의 한 영역인 science라는 용어를 번역하기 위해 과학(科學)이란 한자단어를 처음 사용하기 시작했고, 이후에 한자의 원조국인 중국에서도 그 단어를 그대로 받아들여 같은 뜻으로 사용하고 있다고 한다.

그러면 영어의 sceince와 동양의 과학은 같은 뜻이라고 해도 무방할 텐데 앞에서 잠깐 언급한대로 사이언스는 sceadan이란 어원처럼, 세상을 개체의 집합으로 잘게 나누어진 공간으로 인식하는 서양인들의 삶에서 자연스럽게 생긴 학문이라고 할 수 있다. 그래서 매정한(?) 의견이 될지 모르지만, 당연히 그런 의미에서 science는 서양 문명의 전유물이었으며 다만 동양은 근대 이후에 서양에서 과학을 배웠다고 하는 것이 맞다.

그렇듯 필자가 생각하는 방식으로 말하자면 과학이란 세상을 '여러 가지 색깔로서 구분되어' 잘게 나누어진 독립적인 개체들로 인식하고 각 개체는 고유의 속성이 있다고 인식하는 서양에서 생긴 학문이지, 세상을 두루뭉술하고 종합적인 공간으로 받아들이며 세상의 모든 사물은 독립성이 없고 서로 관계를 가지고 모호하게 연결되어있다는 인식을 하는 동양인에게 과학은 없었다고 봐야 할 것이다.

같은 맥락으로 중국의 4대 발명도 발견이라고 해야 옳지 않을까 한다.

그들은 소위 그런 4대 발명을 해놓고도 그 발명품의 원리를 몰랐기 때문에 또는 그 원리를 지탱할 얼개를 가지지 못했기 때문에 처음에 만들어진 원시의 수준에서 더 이상 진전시킬 수 없었다.

원리를 지탱하는 논리적인 회로판, 즉 과학이란 메커니즘이 없었기 때문에 그들의 발명품은 초기의 '우연의 발견'인 상태에 그대로 머물러 있었던 것이다.

25. 명사와 논리학

· · · · · · · · · · · · · · ·

✎ 앞에서 소개한 생각의 지도 저자 리처드 니스 벳은, 서양에서는 원래 세상을 개체의 집합으로 인식하였다고 하였는데, 필자는 이 책에서 감히 그 이유가 그들은 세상을 컬러의 필터로 보기 때문이라고 하였다.

(리처드 니스벳은 서양인과 동양인이 애초에 사고하는 방식이 어떻게 다른지를 여러 사례를 들어 보여줬으며, 과학이 어떻게 서양에서 생겨났는지도 설명하였다. 나는 외람되게 그러한 이론에 동서양인의 외모의 차이를 관련지어 보았다.)

즉, 앞에서도 언급했듯 눈앞의 두루뭉술한 무채색의 덩어리는 각각의 컬러로 옷을 입었을 때 철저히 분리되어 우리의 시야에 나타난다.

예를 들면, 우리가 영어를 처음 접할 때 느끼는 것 중 하나가 영어는 한국어와는 다르게 철저히 명사의 단·복수를 구분한다는 것이며, 그에 비해 한국어 안에서의 명사는 집합명사나 물질명사의 형태를 취하고 있을 때가 많다는 걸 영어를 처음 배우면서 우리는 비로소 알수 있었다.

서양 사람들은 군집해있는 모습도 머리카락 색깔이 다양하기 때문에 시각적으로 사람마다 개체성이 드러나지만, 상대적으로 동양 사람들은 모여있으면 천편일률적인 검은색 일변도의 머리카락 색 때문에 하나의 동질적인 덩어리(oneness)나 집합으로 우리의 시야에 나타나는데, 이런 예가 서양인은 세상을 개체성의 집합으로 인식한다든가 단·복수를 철저히 구분한다든가 하는 거와 어떤 관련이 있는지 나는 알 수 없다.

다만 필자가 이 책에서 말하듯이 본다는 것은 본능이 아니고 학습이며, 가장 중요한 학습 대상은 사람의 모습이라고 가정한다면 그리고 보는 행위를 함으로써 우리의 문명이 이루어져 왔다고 그렇게 나만의 방식으로 추정한다면 나는 인종의 차이가 문명의 차이를 만들었다는 이 책의 요지를 위해 힘들지만 나름 더 분투하려고 한다.

1960년대의 미국의 뮤지컬영화 「sound of music」에는 여러 가지 노래가 나온다. 그중에 주인공 maria가 부르는 곡인데, 가사 중에 "these are a few of my favorite things."라고 부르는 노래가 있다.

나는 영어를 처음 배우면서 매우 신선하게 느낀 것이 'one of the bests'와 같은 표현이다.

우리는 그냥 무심코 또는 때때로, '내가 제일 좋아하는 것' 또는 '나는 무엇이 가장 좋다'라고 말해버린다. 그러나 영어는 최상급의 복수를 쓰고 그중에 하나라고 하니 훨씬 더 논리적이고 명료하며, 나중에 군소리를 듣거나 책잡히지 않는 표현이 된다.

그에 비해 우리가 쓰는 표현은 상당한 모호함을 내포하고 있는데, 그처럼 아주 단순한 예를 들었지만 어쨌든 기본적으로 모호함이란 논리학과 양립할 수 없는 개념이다.

세상을 독립된 개체성의 집합으로 바라보고 같은 속성을 가진 개체끼리 분류하며 지식을 쌓아갔다고 하는 서양인들에게, 사고의 명료함이란 동양에는 존재하지 않았던 논리학이라는 영역으로 나아가게 하는 토양을 제공했을 것이다.

26. 일본의 미래

    ✎ 한국인들은 지식과 지위의 고하를 막론하고 이웃 나라 일본에 대해 자기 나름의 시각과 분석이 있을 것이다. 특히 근대의 역사 속에서 일본과의 불행한 역사를 겪은 한국인은 충분히 누구나 그런 자격과 능력이 있고, 각자의 경험에 의한 견해는 모두 소중할 것이다.

나는 2014년에 출간한 졸작 『금발의 승리』에서 나름 일본의 몰락을 예고했는데 하나의 민족이나 국가가 가지고 있는 에너지가 이미 소진했다는 표현을 썼다.

지난날 아시아를 향한 서양의 본격적인 서세동점이 절정에 달했던 시기, 특히 그러한 19세기에 일본이 주창했던 탈아입구(脫亞入歐)는 중립적인 시각으로 볼 때도, 일단 탁월한 선택이었다고 할 수 있다. 그러나 그 당시에 일본이 서양 문명을 제국주의와 부국강병(富國强兵)으로만 이해한 것은 패착이며, 서구의 물질주의와 산업혁명의 저변에 깔린 인본주의와 시민의식을 외면한 것이 결과적으로 오늘날 끝을 모르는 몰락의 단초를 제공한 것이다.

어쩌면 일본은 그들의 혼이라고 하는 야마토(大和) 정신이 세상의 어떤 문명에도 대항할 수 있고, 세상의 어떤 기운도 담아낼 수 있다는 착각을 했는지도 모르겠다.

어떻든 일본 국민은 전형적인 아시아인의 DNA에 걸맞게, 국가와 군주를 향한 복종과 순종의 미덕을 발휘하여 서구 식민 세력의 확장에 맞서 동아시아에서 속칭 지역적인 '나와바리'를 확보하고, 비록 완전한 패배로 끝나긴 했지만, 지구상 최강대국 미국과 '맞짱'까지 떴다. 그리고 전후에는 누구도 예상하지 못한, 비록 한여름 밤의 꿈으로 끝났지만, 세계를 삼킬듯한 쇼와(昭和) 거품경제의 화려한 불꽃놀이도 경험하였다.

그렇게 그들은 세계 문명의 중심에서 떨어져서 아시아의 변방에 위치했지만, 특별한 국가와 특별한 국민으로 지난 세기 동안 끊임없이 세계인의 주목을 받았다.

이 모든 영광이 천황과 국가에 대한 지고지순한 충성심의 결과로 보상받은 은전이라고 생각하는 일본인에게 있어, 이제 와서 어떠한 불만이나 사소한 또는 서운한 감정으로 국가나 정부에 대하여 새삼스럽게 자기들의 목소리를 낸다는 것은 생각할 수 없는 일이며, 그들은 벚꽃의 운명처럼 한 번에 아름답게 피고 한 번에 멋있게 지는 운명인지 모른다.

겉모양만 흉내 낸 유사 민주주의와 한컨에 유효기간이 지난 봉건영주시대의 무사도가 그림자를 드리운 일본은, 이제 국민을 이끌어가는 비전과 상상력이 고갈한 채로, 어찌할 도리없이 더 이상 감출 수 없는 그대로의 민낯을 보여주고 있는 것이다.

27. 다시 일본에 관하여
· · · · · · · · · · · · · · · · · ·

✎ 일본은 지형적으로 볼 때, 운이 없게도 환태평양 불의 고리 중에서 가장 지진활동이 활발한 지역에 자리 잡고 있을 뿐만 아니라, 동시에 태풍이나 해일 등 여러 가지 자연재해에도 매우 취약한 지역인 소위 재해 다발 지역에 있는 것은 잘 알려진 사실이다.

그렇지만 반면에 문명의 세례를 받은 지역 중 침략자의 입장에서 볼 때는 성공하지 못한, 그리고 일본의 입장에서 볼 때는 하늘이 도왔다고 하는 13세기에 일어난 일련의 몽고의 침입을 받은 것 외에는 세계 역사에서 드물게 오랫동안 외세의 침략이나 위협을 걱정하거나 또는 거기에 대하여 방비할 필요가 없는 억세게 운이 좋은 나라였다.

그에 비하여 이웃 나라인 한반도는 역사적으로 볼 때 항상 대륙의 영향에 노출된 곳이었다. 그럼에도 불구하고 대륙에 복속되지 않는 어느 정도의 자주성을 유지하는 국가로 계속 존재해 왔으니 일본의 입장에서 본다면 한반도는 직접적으로 대륙의 힘이 바다 건너 열도로 파급되는 걸 막아주는 최적의 방파제 역할을 했던 것이다.

달리 표현하자면 한반도는 당시의 엄청난 대륙의 힘이나 위협적인 영향력이 바다를 건너지 못하도록 약화시키거나 중화시키는 역할을 했다고도 할 수 있다.

더군다나 한반도는 역사적으로 무사의 전통을 가지고 있는 일본과는 다르게, 유교나 주자학이 중심이 된 문치 중심의 나라였으며, 특히 한반도의 조선왕조 5백 년 동안은 정복국가의 DNA가 더 이상 존재하지 않는 나라였다.

그렇게 오랫동안 외세의 위협이 없이 역사를 이어온 일본열도는 봉건영주들이 지배하는 지역으로 나누어진, 그들만의 룰이 통하는 그들만의 천하였다.

그들만의 고립된 세계는 때로는 자기들만이 특별하고 청정하다고 믿는 잘못된 신념과 그런 신념에서 오는 집단적 강박관념이나 사상적 도그마에 빠질 위험도 상존하고 있었는데, 지난 세기에 천황을 상징적으로 앞에 내세워서 동아시아와 태평양을 전쟁의 열병에 빠트린 광기도 그런 연장선과 무관하지 않을 것 같다.

1980년대 일본의 경제 호황기에 서양을 향하여 말하기를 일본의 놀라운 성취가 가능한 것은, 역사적으로 일본은 유럽처럼 봉건제도의 경험을 가졌기 때문이라며 그들의 문명과 역사를 여타 아시아와 분리하기도 하였다.

그처럼 지난 1세기 동안 그들이 이룩한 성취와 좌절은 너무나 강렬했기에 축제 뒤의 현실을 마주할 용기보다는 지금의 소위 갈라파고스의 고립을 택하고 있는지도 모르겠다.

지난날 동방의, 금과 은이 풍부한 땅 지팡구(Zipangu)로 불리며 서양인의 환상과 호기심을 자극했고, 더구나 교통과 통신이 발달하지 못하여 직접 쉽게 가서 확인할 수 없는 멀리 떨어진 땅이기에 일본은 더욱 판타지의 대상이 되었다. 그만큼 일본이 빠른 시간 안에 세계

열강의 회원이 되는 데는, 물론 그 당시의 복잡한 국제정세의 역학관계도 작용했지만, 거기에 더하여 서양인의 일본에 대한 우호적인 분위기도 한몫한 것은 부인할 수 없는 역사적 사실인 것처럼 보인다.

그렇지만 일본은 자기들을 아시아에서 더욱 특별하게 만들어준 서구 문명 세력에 대하여 각을 세우며 급기야 선전포고했고(사실은 진주만 기습), 한편으론 같은 아시아인을 핍박하며 한편으론 아시아를 지킨다는 아이러니 같은, 대동아공영권(大東亞共榮圈)이라는 슬로건하에 칼끝을 백인 서구 문화의 심장에 향한 것이다.

일본인은 이제 와서 제정신이 조금 들었는지(?) 지난 전쟁에서 미국이나 영국과 같은 편이 되지 않고 적이 되었던 것을 후회하는 모습도 보인다. 특히, 진주만 기습과 원폭으로 서로 얼룩진 과거를 가지고 있음에도, 지금은 전략적인 동맹을 유지하고 있는 미국과의 신뢰 관계가 얼마나 신실하며 또는 언제까지나 지속이 될 수 있는 관계인지는 모르겠다.

그런가 하면 유럽과 함께 제국주의의 역사를 공유함으로써 서구인이 가지는 오리엔탈리즘의 충실한 협력자로서 전후 유럽의 아시아에 대한 식민지배를 합리화시키는 논리에 일조했던 일본이 이제는 상황이 바뀌어 여타 아시아지역의 성장과 함께 일본의 위치가 어떤 모습으로 자리매김 될지, 또한 항상 아시아의 선두국가로서 스포트라이트를 받았던 일본이 그런 역사의 무대에서, 그런 날이 올지 그렇다면 그게 언제가 될지 모르지만, 어떤 모습으로 퇴장하게 될지 개인적으로 상당히 궁금하다.

어쨌든 필자는 최근의 일본역사를 나름 다른 시각으로도 보고 싶은데, 일본이 지난 세기에 미국과 영국 등 서양 문명과 충돌한 이면에는, 어쩌면 당연하겠지만 서양 문명의 본질, 즉 동양민족들과 체질적으로 다른, 백인종 문명에 대한 몰이해도 크게 작용했다고 본다.

28. 중국에 관하여
· · · · · · · · · · · · · · ·

✎ 중국을 보면 궁금한 것 중 하나가 유럽대륙은 여러 나라로 국경이 나뉘었지만 왜 커다란 동북아의 대륙은 몽땅 한나라가 되었는가 하는 것인데, 그것도 중국이라는 거대한 나라를 이해하는 또 하나의 키워드가 될 것 같다.

유럽 대륙은 중국에 비해 지형이 복잡하여 중국처럼 정치적으로 통일된 하나의 세력이 성립하기 힘들다고도 하지만, 중국 내륙의 고립된 사천성이나 남쪽의 산악지형인 광동, 광서, 운남성 등을 보면 한나라로 통일되거나 아니면 여러 나라로 나뉘는 것이 꼭 지형의 문제 때문만은 아니라는 생각이 든다.

현대의 중국인을 보면 느끼는 게 각 개인은 국가와 연결되어있지만 개인과 개인 간의 관계, 즉 같은 국가의 구성원으로서 익명이나 랜덤한 개인 간의 관계에서는 서로 공유하는, 어떤 암묵적인 타협으로 생기는 최소한의 룰 또는, 당연히 명시적이지는 않더라도, 보이지 않는 약속 같은 공동체의 행동이나 개념의 기준이 보이지 않는다는 점이다.

즉, 그들은 국가와 개인 간의 상하관계는 있지만(민주적인 국가에서는 상하관계라고 할 수는 없지만), 개인과 개인 간의 횡적인 관계는 존재하지 않는 것처럼 보인다.

어쩌면 그들은 가장 시기적으로 가까운 절대왕정 국가, 특정하자면 청나라의 백성으로서 내면적인 의식이 아직 머물러 있는 것 같은 느낌도 드는데 그들은 각자의 주체성이나 자발성을 국가에 의탁하거나 담보하여, 어쩌면 그러한 사실도 의식하지 못한 상태로, 국가가 한정해주는 정신세계 안에서 살아가는 것 같다.

내가 왜 이런 말을 하냐면 과거 그와 같은 식으로 대륙을 무대로 한 통일국가의 성립과정에서, 수많은 부족이 상대적으로 큰 국가나 세력에게 복속되어 정체성을 잃고 상대에게 부족의 주권을 양도하여, 그렇게 세력이 커진 국가는 점점 볼륨이 커져서 급기야는 마침내 실체나 원형질도 불분명한 중화민족이란 애매한 괴물을 만들어낸 게 아닌가 하는 생각을 해보기 때문이다.

즉, 개인이 자기의 주체성을 국가에 의탁하듯이 어떤 부족 또는 집단이 그들의 정체성을 잃고 큰 국가에 흡수되고, 그렇게 반복되는 과정이 비슷한 것같아 보인다.

역사적으로 보자면 유럽에서 17세기에 일어났던 종교전쟁인, 30년 전쟁을 종결짓기 위하여 베스트팔렌조약이 이루어지고, 그 결과로 비로소 근대적인 주권국가의 개념이 탄생했다고 한다.

따라서 과거에 동양에서 천하의 중심으로 군림했던 중국도 현시대에 들어와서는 표면적으로 근대적인 국제법에 의하여 하나의 일반적이며 동등한 국가가 되어 올림픽이나 국제대회에서 자국을 상징하는 보편적인 국기를 들고 참가하게 되었다.

그리고 그러한 국기(오성홍기), 즉 어떤 나라나 평등하게 가지고 있는 하나의 국기를 들고 자국의 선수들을 응원하는 중국인들을 보는 것은 왠지 오랫동안 소위 중화를 중심으로 한 동양의 질서를 경험했던 한국인에게는, 특히 내가 볼 때는, 처음에는 적응이 안 되고 생경하게 느껴지기도 하였다.

그만큼 중국은 한국인에게 있어 오랫동안 보편적인 국가가 아닌 국가의 개념을 초월하는 존재, 국가 위에 군림하는 특별한 국가, 아니 특별한 천하였다는 인식이 있었기 때문일 것이다.

어쨌든 내가 생각하기에 우리나라는 80년대에 중요한 국제 대회를 치르면서 과거 우리의 의식 속에서 중화라는 특별한 의미로 자리 잡았던 중국을 이제는 국제법의 테두리 안에서 하나의 이웃 나라로 인식하게 되었고 거기에 더하여 비록 부분적이지만, 서양인이 중국을 보는 시각으로, 또한 그런 시각이 옳은지 그른지는 판단할 수 없지만, 우리도 그와 같은 시각으로 중국을 보게 된 것도 부인할 수 없는 사실인 것 같다.

29. 다시 동양과 서양

✎ 역사를 접하다 보면 동양과 서양과의 차이를 느낄 수 있는 게 또 한 가지 있는데, 서양인들은 자기들의 추한 과거라도 있었던 사실 그대로 드러내놓고 옳고 그름을 밝히거나 겸허한 평가를 받으려고 하지만, 동양인들은 부끄러운 과거의 역사는 되도록 이면 감추려 하고 오히려 미화하려는 경향을 보인다는 것이다.

그렇게 지나간 역사를 대하는 관점에서도 동양은 서양과 차이를 보이고 있는데, 때로는 필요에 따라 있지도 않은 역사를 무리하게 만들어내기도 한다.

예를 들면 아직도 일본학계에서 회자되고 있는, 물론 일개인의 일탈 행위로 밝혀졌지만, 어느 일본의 고고학자가 존재하지도 않는 구석기시대의 유물을 만들어서 오래된 지층에서 발견한 것처럼 조작한 사건이 있었다.

그런 학자적 양심을 저버린 엉뚱한 행동의 저변에는 자국역사의 프라이드나 내셔널리즘에 경도된 개인의 잘못된 신념이 작용한 것도 무시할 수가 없는데 그와 같이 앞에서 말한, 역사를 대하는 그러한 동양적 문화의 부정적인 토양에서는, 비록 국민의 일개 구성원이라도 역사적인 진실을 왜곡시키는 당사자가 될 수 있다는 위험성을 보여주는 일례가 되고 있다.

물론 다행히 앞의 사례는 개인의 헛된 명예욕 때문이라 치부되어 자국의 학계에서도 단죄를 받은 사안이지만 요즘 들어와서 이웃 나라 중국에서는 앞에 붙는 수식어도 다양한 여러 가지의 소위 '공정'이라는 것들이 (물론 대개의 경우 행위의 당사자들이 작위적인 공정이라고 인정할지는 모르지만, 예를 들면 역사와 영토를 기반으로 한 공식적인 동북공정뿐이 아니고 다른 나라의 전통적인 무형문화재를 두고 기원이나 종주국의 논란을 불러일으키는 것) 이루어지는 걸 볼 수 있다.

그러한 공정의 배후에는 보이지 않는 권력이나 실체가 있다는 걸 정황상 의심할 수밖에 없다. 어쨌든 우리는 역사의 진실이 어떤 집단에 유리하도록 자신들의 의도와 필요에 의하여 훼손되고 가공될 수 있다는 사실을, 정보화시대라는 21세기에 들어와서도 두 눈으로 목도하고 있는 것이다.

그렇게 자신들의 국가가 가진 모든 수단과 자원을 가용하여 이루려 하는 목표는 아마, 여전히 불안정한 상태에 머물러 있는 다민족국가인 중국의 국민과 영토를 통합시키고 현재의 국경과 체제를 안정시키며, 한편으론 중화민족의 자존감을 높이기 위하여 또는 최종적으로 중국판 내셔널리즘인 중화 민족주의를 완성하기 위한 것처럼 보인다.

그처럼 소위 중화 내셔널리즘을 등에 업고 그들이 정말 세계를 향하여 이루고자 하는 게 무엇이고 그들이 가고자 하는 방향은 어디인지 우리는 궁금해질 수밖에 없다.

14억의 인구 대국이며, 현재 세계 제2위이지만 머지않아 미국을 따라잡을 것으로 예상되는 경제 규모를 가진 나라, 거듭 언급하지만 지난 세기에 서구제국주의에 의하여 중화의 자존심이 짓밟혔다고 기억하는 일당독재체재의 나라인 중국의 행보에 아마 서구는 불안한 눈초리를 거둘 수 없을 것 같다.

30. 이 비밀을 무덤까지

. . . .

✎ 나는 한국 사람들이 하는 말 중에 별로 좋아
하지 않는 말이 하나 있는데, 평소에 자주 쓰인다고 할 수 있는 말은
아니지만 바로 이 말이다.

"우리 이 비밀을 무덤까지 가지고 가자."

그 말을 하는 사람들을 보면 무슨 대단한 결의를 하는 것처럼 약
간의 비장함마저 스스로 느끼려 하는 모습이지만, 그런 경우를 보면
대부분 자기들끼리의 아는 비밀이 드러날 때 도리어 다수에게 이익이
되는 경우, 즉 주위에 알려지면 보편적인 정의나 질서를 살리고 공익
에 도움이 되지만 자기들의 위치는 어려워지는 경우를 대개 유추할
수 있다.

반면에 서양에서는 우리가 볼 때 좀 지나치다고 할 수 있을 정도로,
그들은 각자가 자신의 독립적인 신념이나 주관에 충실하기 때문에 어
떤 진리나 정의를 추구하기 위하여 종종 사적인 인간관계를 희생하
는 경우도 적지 않다.

물론 순수한 개인의 프라이버시를 위한다거나 누군가의 지켜줘야
할 존엄한 명예를 위해서라면 앞에서 말한 그러한 결의나 약속은 아
름다울 수 있다.

앞에서도 언급했던 미국의 인류학자인 루스 베네딕트는 본인의 유

명한 저서인 국화와 칼에서 서양인은 죄의식의 문화이고 일본인은 수치감의 문화라고 했지만, 우리 한국인의 경우는 많은 이가 말하기를 체면의 문화라고도 한다.

유감스럽게도 수치감이나 체면은 행위의 판단 기준이 주체적이지 못하고, 타인의 시선을 의식하거나 타인의 관점에서 나를 바라본다는 점에서 큰 차이를 보여주진 못한다.

내가 생각할 때 동양에서는, 정의나 진리가 인간관계 안의 어딘가에 존재한다고 여기는 것 같기도 한데, 동양 윤리의 전범이라고 할 수 있는 유교 윤리 그중에서도 핵심강령이라고 할 수 있는 삼강오륜도 일단 인간이 응당 지켜야 할 사람 사이의 관계를 말하고 있다.

그와 비교하여 서양인들은, 여기서 필자의 생각을 말하기가 조심스럽지만, 정의나 진리는 신과 나 사이에 위치하는 것이고, 또 나의 행위는 종국적으로 신과의 관계에서 성찰돼야 하며, 그러므로 당연히 그러한 나의 행위는 타인의 시선이 개입되지 않은 영역에서 판단되어야 하는 거로 여기지 않나 하는 생각이 든다.

마찬가지로 서양이 동양보다 역사를 대하는 자세가 겸허한 것도 수치감이나 체면보다는 신과의 관계에서 진리를 설정하려는 서양문명의 발로로도 보인다.

그렇지만 개인적으로 느끼기에 한국은 우리가 분석하고 의식하지 못하는 사이에 빠르게 서구화되고 있고, 우리는 살아가는 겉모양뿐만 아니고 우리들의 내면의 사고방식이나 가치관도 서구의 그것들과 가까워지고 있다는 생각을 최근 들어 더욱 하게 된다.

아니면 우리가 서구의 가치와 방식에 그런대로 큰 불협화음 없이 원활하게 타협하고 절충해가고 있다고 하는 게 맞는 표현일지도 모르겠다.

어찌 됐든 내가 너무 아전인수(我田引水)식으로 생각해서 마음을 놓는지는 모르겠지만, 최근 대략 약 백 년간의 서구화 과정에서 일본이나 중국보다는 우리나라가 훨씬 더 서구문화와 충돌 없이 그런대로 전통을 지켜가며 그동안의 숨 막힐 정도의 변화에도 잘 적응을 한 게 아닌가 여겨진다.

좀 다른 시각으로 보자면 한국 사람이 일본인이나 중국인보다도 역시 훨씬 더 서양 문화를 잘 이해하고 있지 않나 또는 서양문화의 본질을 더 잘 파악하고 있지 않나 하는 생각도 든다. 아마 그렇다면 한국은 일본처럼 서양의 어느 국가와 대항하여 전쟁을 했다거나 중국처럼 서구 세력에 의하여 비록 부분적이라 하더라도 침략이나 유린을 당했거나 하는 경험이 없으니 서양 문명을 훨씬 더 중립적으로 바라보며 객관적으로 판단할 수 있게 된 점도 그처럼 서양 문화의 본질을 더 잘 이해하게 된 이유의 하나가 되지 않았나 생각해본다.

31. 지금은 코로나 시국이다

· ·

✎ 내가 지금 글을 쓰고 있는 시점이 코로나로
인한 팬데믹의 한가운데를 지나고 있다고 생각해보지만, 사실 팬데믹
의 한참 피크인지 아니면 더 큰 어려움이 앞으로도 기다리고 있는지
는 물론 알 수가 없다.

그렇지만 이번 코로나로 인류가 깨달은 긍정적인 면이 하나가 있다
면 지구상의 모든 인류는 한 이웃이고 때로는 어쩔 수 없이, 공동운
명체라는 걸 새삼 느끼게 된 점이 아닐까 한다.

어쨌든 그건 그렇다 치지만 반면에 코로나 발발의 초반에 중국이
보여준, 여기서 구태여 부언할 필요가 없는 그들의 미심쩍은 대처 때
문에 서양에서 전체 아시아인에 대한 부정적인 인종적 혐오감정이 생
긴 것도 사실이다.

(물론 정확히 말하면 황인종에 대한 혐오감정이 꼭 이번 팬데믹 때문
에 전에 없던 게 생겼다고는 단언할 수 없다. 그와는 별도로 내가 여기서
누구나 이야기하는 코로나의 기원에 대해서 언급하는 것은 나의 능력이
나 주제에 맞지 않을 뿐 아니라 지면 낭비가 될 것이다.)

또한, 이번 팬데믹 상황에서 각국 정부나 일반 국민들의 코로나를
대하는 인식이나 거기에 대처하는 모습을 보며 그동안에 감추어졌던
문명 간의 차이나 괴리도 실감할 수 있었다.

대략 요약해보면 서양인은 동양인을 볼 때 역시 그들은 '순종적이다, 집단적이다.'라는 걸 다시 한 번 확인한 것 같으며, 동양인이 팬데믹에 잘 대처하는 것을 인정하면서도 한편으로는 동양에서의 방식이 서양인들이 제일 소중히 여기는 개인의 자유나 프라이버시 같은, 그 무엇과도 바꿀 수 없는 귀중한 가치를 훼손시키는 게 아닌가 하는 의구심을 떨쳐버릴 수 없기에 동양의 대처를 떨떠름하게 평가하는 것도 사실이다.

반면에 동양인은 서양인을 볼 때 개인의 자유가 때로는 남에게 피해를 주면서까지 확장돼있는 느낌을 받으며, 개인의 자유가 타인의 안전보다 앞서도 되는지 그런 상황을 동양인의 관점에서 도덕적으로 어떻게 평가해야 되는지 혼란스러워했다. 그런가 하면 그동안 선진국으로 알았던 국가와 국민들의 코로나를 대처하는 과정에서 드러나는 난맥상이나 혼란스러움에 대하여 적잖이 놀라고 실망하기도 하였다.

그렇지만 우리가 경계해야 할 것은 팬데믹이라는 위중한 상황에서 그들이 보여주는 행태를 지극히 동양적인 시각에서 무질서나 방종으로 이해하거나 비난해서는 안 된다는 사실이다.

그들은 역사적으로 절대왕권을 상대로 개인의 자유와 주체성을 찾는데 값비싼 대가를 치뤘다고 할 수 있다. 그런 지난한 과정을 통하여 그들은 각자가 자유로운 영혼의 주인이 되고, 그런 주체적인 자각 위에 뛰어난 영감과 모험심을 발휘하여 지금 우리가 누리고 있는 모든 유형·무형의 성과물들을 만들어냈으니 그런 의미에서 동양인은 서양인에게 큰 빚을 지고 있는 것이다.

다시 말하지만, 우리 인간은 각각 서로 다른 조합으로 이루어진 60 조 개의 DNA를 가지고 있고 당연히 서로 개성이 다른 존재이며, 우리가 알지 못하는 각자의 사용설명서가 다르다.

다만, 백인은 각자가 가진 유니크한(서로 다른) DNA의 조합의 차이가 시각적으로 드러나기 때문에, 즉 앞에서 필자가 언급하듯이 체질적으로 서로 다른 색깔로 드러나기 때문에 인간은 근본적으로 독립적인 개체성을 가진 존재라는 걸 더 빨리 알아차렸다. 그리고 그러한 주체성과 개인의 자율성을 담보하기 위해 우리 동양인보다 먼저 앞서서 멀고도 험난한 길을 걸어왔던 것이다.

어쨌든 이번 팬데믹 상황을 볼 때, 아직도 선진 문명이라고 할 수 있는 서구 사회에서 그들이 살아가는 삶의 방식을 우리가 이해하기 위하여는 여전히 우리의 의식 안에서 메꾸어야 할 간극이 많이 남아 있다는 생각을 다시 한 번 해보게 되었다.

32. 너, 나, 우리

· · · · · · · · · · · · ·

✎ 그 이름을 말하면 누구나 알만한 중견 여가수, 그녀가 부르는 노래 중에 이런 가사가 들어있는 노래가 있다.

"우리는 너나없는 나그네."

여기서 '너나없다'는 말을 곰곰이 생각해보니 너와 내가 따로 없다는 뜻이고 너와 나는 구분이 없는, 그냥 우리라는 뜻이 된다.

내가 뜬금없이 이 노래를 언급한 이유는 우리는 스스로 당연하다고 생각하여 평소에 의식하지 못하지만, 외국인이 생각하는 한국 문화 중에 특별히 다른 나라에서는 그런 예를 찾아볼 수 없다고 여겨지는 것 중에 하나, 즉 '우리'라는 개념을 잘 설명해주고 있기 때문이다.

어쩌면 우리라는 단어는 한국문화를 이해하는 키워드 중에서도 핵심이 아닌가 하는 생각이 든다.

우리가 보통 말하는 '정'이란 것도 일단 너와 나 사이에 우리라는 관계가 설정되어 나의 감정이 상대방의 입장에 깊이 투사하는 작용, 즉 타인의 입장에 격하게(?) 공감하는 심리적 상태가 아닐까 생각해본다.

그러고 보니 나는 앞의 저서에서 한국에서 말하는 정이란 걸 나름대로 정의 내리고 싶어서 정이란 "사람들이 서로 불완전한 존재란 걸 인식할 때 어느 정도 서로에게 연민을 느끼면서 나타나는 특별한 감정. 또는 한국 사회 특유의 폐쇄화된 서열관계를 보완하고 그것을 뛰어넘는 감정의 여백이며, 감정의 여운이다."라고 해봤는데, 어느 것도 만족스러운 해석이 되지 않을뿐더러 그냥 말로 설명할 수 없는 한국인 특유의 정서적 메커니즘이라고 끝내는 게 좋을 것 같다.

그런데 내가 여기서 주목하는 것은 '나너'라고 하는 표현이다.

우리 속담에 "같은 말이라도 아 다르고, 어 다르다."라는 말이 있다.

이 말은 같은 뜻의 말이라도 말하는 사람이 상대방의 입장과 기분을 잘 살펴서 감정을 거스르지 않게 말하는 것과 그렇지 않은 것의 차이를 말하는 것인데, '아'와 '어'의 예시를 들고 있다.

그럼 여기서 우리가 알 수 있는 것은 일단 우리말에 아와 어는 음운적으로 호환성이 있어서 바꿔말해도 의미에 별로 차이가 없다는 뜻으로 해석할 수도 있다.

예를 들면, 우리말에 어머니를 '아마니'라 하거나 아버지를 '아바지' 또는 '어버지'라고 해도 대충 소통이 된다.

또 아파를 '아퍼' 하거나 하다를 '허다', 합니다를 '합니더'라고 해도 대개 뜻이 통한다. 물론 꼭 그런 경우만 있는 것은 아니고 '막다'와 '먹다'처럼 그렇지 않은 경우도, 따지고 보면, 많기는 하다.

그런데 여기서 한 가지 덧붙이자면 아 모음은 어떤 나라말에도 존재하지만, 내가 아는 한, 어 모음은 음운의 영역이 약하거나 아예 존재하지도 않는 언어도 꽤 있지 않나 하는 생각이 든다.

개인적인 얘기를 하자면 나는 외국어엔 젬병이지만 그냥 취미 삼아 몇 개국어를 기초만 공부해봤는데, 내가 공부한 언어 중에 일본어와

스페인어는 어 모음이 없다. 그냥 두 언어 모두 '아, 에, 이, 오, 우'뿐인 걸 알 수 있었다.

내가 왜 이런 말을 하는가 하면 우리가 세상에 태어나 살면서 '나'라는 존재는 일단 세상의 중심이며 외부의 세상을 판단하는 기준이고 다른 무엇과도 구별되는 유형·무형의 주체적이며 개별성을 가진 더 이상 설명이 없는 특별한 존재인데, 그런 '나'라는 존재가 상대방을 지칭하는 이인칭과 구별이 약하다는 것은 다른 언어에서 볼 수 없는 특이한 경우이지 않나 하는 생각이 들기 때문이다.

그에 더하여 멀지 않는 과거에 우리의 윗세대분들은 나와 너를 넘어서 '내'와 '네'를 사용하였다는 것도 놀라운 일이다.

물론 과거에는 지금보다 '애'와 '에'가 어느 정도 구분이 되었다는 걸 가정하더라도 세상의 모든 언어 중에서 일인칭과 이인칭을 구별하는 단어가 이렇게 음성적으로 서로 모호한 언어가 또 있을까 생각해보지 않을 수가 없다.

다른 언어의 예를 들어보자. 서양 언어에서 영어는 'I'와 'you', 불어는 'je'와 'tu', 독어는 'ich'와 'du', 스페인어는 'yo'와 'tu', 물론 존칭의 이인칭은 생략했다. 그리고 같은 동양의 이웃 언어라도 중국어는 'wo(我)'와 'ni(你)', 일본어는 '와따시(わたし)'와 '아나따(あなた)'라고 말하니 입 모양도 전혀 다르고, 음운적으로도 확실히 구분이 된다.

아마 잘은 모르지만 세계의 어느 언어라도 일인칭과 이인칭을 가리키는 단어가 이처럼 소리가 비슷하고 입 모양도 서로 비슷한 단어로 대비된 언어가 있을 것 같지는 않다.

어쨌든 여기서 나는 우리 언어의 일인칭과 이인칭을 가리키는 소리가 너무 비슷하다는 거로 섣불리 어떤 결론을 내리지는 못하겠다.

다만, 우리 한국 사람은 옛날부터, 예를 들면 특히 외국인에게 많이 회자가 되는 '우리 와이프'라는 '끔찍한' 말이 있을 정도로, 나와 너 사이를 이어주고, 때로는 나와 너 사이의 경계를 넘나드는, 그렇게 우리라는 단어로 이해되는 관계가 다른 어떤 나라 사람들에서의 경우보다 차원이 다른 어떤 특별한 유대감이나 감정의 공유 또는 그 이상의 것을 추구하는 영역으로 존재하지 않았을까?

그래서 그런 우리라는 특별한 관계가 정이라는 한국인 특유의 정서적 메커니즘의 기반이 되는 역할도 하게 되지 않았을지 그냥 그렇게 어렴풋이 짐작해볼 뿐이다.

33. 우리말에서 '작다'와 '적다'의 관계를 한번 생각해본다

✎ 우리가 한국말을 공부할 때 헷갈리는 것 중 하나가 '작다'와 '적다'의 차이가 아닌가 싶다.

국어의 달인이라고 할 수 있는 방송국 아나운서들도 그 두 단어의 쓰임에서 헷갈린다고 하니, 한국어가 모국어가 아닌 외국인들이 한국말을 공부할 때 이러한 부분에서 얼마나 머리가 지끈거릴까도 생각해본다.

그 두 단어는 여러 가지 상황에서 쓰임이 다르지만 대체로 작다는 셀 수 없는 대상을, 그리고 적다는 셀 수 있는 대상을 가리킬 때로 구분하여 쓰인다고 한다. 그렇다면 우리말의 아와 어의 호환성을 가정해볼 때 분명히 처음에는 같은 소리였을 것이고, 아마 원래 우리의 인식에서 셀 수 있는 것과 셀 수 없는 것의 분별이 크게 없었던 거로 추측할 수 있을 것 같다.

같은 동양 문화권의 중국에서도 그 두 단어는 작다를 의미하는 小와 적다를 의미하는 少로 대비시키는데, 발음도 서로 비슷하고 우리와 마찬가지로 원래는 小라는 한 단어에서 출발하여 나중에 小와 少의 두 단어로 분화하였다고 한다.

그런 걸 보면 동양에서는 사물을 개체성이나 독립성으로 바라보지 않고 세상의 사물을 집단이나 단일성(oneness)으로서 이해했다는 추론과도 역시 관련성이 있지 않나 싶다.

그런데 영어의 경우에, 우리말의 작다와 적다와 대응하는 단어는 대표적으로 little과 few가 아닌가 하는데, 일단 그 두 단어는 발음에서도 전혀 서로 연관성이 없는 것처럼 보인다.

그렇다면 서양에서는 일찍이 세상을 바라볼 때 개체성이라는 것을 깨달았고, 당연히 셀 수 있는 것과 셀 수 없는 것을 구분했다는 걸 의미하지 않을까?

참고로 리처드 니스벳은 그의 저서 생각의 지도에서 동양에서는 사물들의 관계를 중시하여 동사로 세상을 바라보지만, 세상을 개체의 집합으로 인식하는 서양에서는 모든 대상을 범주화(비슷한 성질을 가진 것들끼리 묶음)시켜서 명사로 세상을 바라본다고 하였다.

그리고 필자는 앞편의 졸저에서 동양 사람은 셀 수 없는 집합명사나 물질명사로 세상을 바라보고(물론 문법적으로 따질 때 집합명사도 세는 게 가능하지만, 개체성보다는 동질성과 집합의 개념을 중시해봄) 서양 사람은 셀 수 있는 보통명사로서 그리한다고 했는데, 정확히 정리해보니 동양 사람은 불가산명사로 대상을 바라보지만, 서양 사람은 대상을 볼 때 가산명사와 불가산명사로 구분하여 바라본다고도 할 수 있을 것 같다.

아마 서양 사람은 세상을 개체의 집합으로 바라보며 그러한 행위가 서양에서 과학의 출발점이 됐다고 했지만, 필자가 추측하기에 세상을 그렇게 가산명사로도 바라보는 것은, 과학뿐 아니라 동양이 서양에 뒤진 수학 부문과도 연관이 있지 않나 생각해본다.

거듭 얘기하지만 우리는 애초에 사람을 바라보는 시각적 훈련을 하며 세상을 이해했을 것이고, 컬러풀한 외모를 가진 서양인에게 있어 그들이 가진 시각적 개체성이 그들로 하여금 세상을 개체성으로 투사하여 바라보게 하는데 결정적으로 영향을 끼쳤을 것 같다.

이쯤에서 필자는 이 책에서 항상 그래왔듯이 서양인들이 가진 외모는 그들이 필연적으로 동양과 다른 문명을 이루게한 근본인자였을 거라는 착각 내지는 망상을 다시 한 번 해보게 된다.

(앞의 내용과 관련하여 정확히 말하면 동양에서는 연산이나 대수학은 발달했지만, 기하학은 그러지 못했다. 그렇지만 필자나 일반 독자의 수준에 맞추어 일반적인 수학 부문이 서양에 비하여 뒤졌다고 해도 무방할 것 같다.)

34. 중국의 굴기

. . . .

✎ 요즘 들어 더욱, 세계정세를 말할 때 거의 모든 분야에서 중국을 빼놓고는 이야기할 수 없는 시대가 되었다.

공산당이 집권한 이후 그동안 죽(竹)의 장막 뒤에 은둔해 있던 중국이 흑묘백묘(黑猫白猫)의 기치를 내건 '작은 거인' 덩샤오핑의 영도 아래 세계를 향해 굳게 닫혔던 문을 연 지 어언 40년 남짓, 새로운 밀레니엄에 들어선 지금 우리 인류는 또 하나의 '기적'을 보고 있다.

그동안 지구상의 유일한 슈퍼 파워였던 미국의 지위를, 비록 경제 부문이지만, 위협할 정도가 되었으며 이제 총량의 경제 규모 면에서는 곧 미국을 추월할 정도의 기세를 보여주고 있으니 그런 중국의 성장세는 1980년대 아시아의 앞선 또 다른 경제 대국, 일본이 보였던 돌풍을 오버랩시키고 있다.

돌이켜 보면 짧다면 짧은 순간, 한여름 밤의 꿈 같은 거품경제의 끝을 보여줬던 당시의 일본은 글자 그대로 경제만의 대국에 그쳤다고 한다면, 지금 중국이 보여주는 총체적인 국력의 기운은 그 방향과 끝을 알 수 없고, 더구나 앞으로 중국이 어떤 모습의 초강대국이 되느냐 하는 것은 지구의 운명에도 영향을 줄 수 있는 엄중한 문제가 되었다. 그리고 때로는 그 국가의 성장하는 크기만으로도 세계인에게 위협적으로 느껴질 수 있는 존재가 된 것도 또한 누구나 인정할 수밖에 없는 사실이다.

당시 경제 부문에서만큼은 세계를 집어삼킬 듯 욱일승천(旭日昇天)하던 일본의 기세는, 그렇지만 자유진영 내에서의 도전이었고, 물론 부분적으로는 전통적인 서구의 가치에 대한 위협이기도 했지만, 그나마 다행이었던 것은 세계정치나 군사의 역학관계 같던 안보의 위협과는 거리가 멀었다. 또한 그 시절 일본의 경우는 결과적으로 관리가 가능한 영역이었던데 반해, 지금 우리가 목도하고 있는 중국의 부상은 근래에 볼 수 없었던 또 다른 버전의 전 지구적인 도전적이고 위협적인 과제가 되고 있는 것이다.

그런데 우리는 때로는 잊고 있지만, 근현대에 들어와 이루어진 아시아인의 업적, 즉 일본의 성취도, 중국의 굴기도, 그리고 우리가 자랑하는 한강의 기적도 모두 일찍이 서양인의 번뜩이는 영감과 창의성으로 만든 근대문명의 시스템이 없었다면 그것들은 감히 시도도 할 수 없고, 형체조차 이룰 수 없는 성과물이란 것이다. 비록 근세에 들어와 백인에 의해 저질러진 제국주의와 인종주의의 폐해를 감안하더라도 그들이 이룩해낸 인류 문명의 진보라는 업적은 우리들이 부정할 수 없다는 것 또한 사실이다.

그렇듯 일본은 서양인에게 배운 기술을 바탕으로 일어섰음에도 불구하고, 무지몽매하게도 근시안적인 대결적 인종주의와 제국주의적 지역패권주의의 이념으로 그들에게 전쟁으로 보답했고, 전후에는 경제적 동물 또는 모방의 천재란 오명을 들으면서까지 결과적으로 국제경제 시스템의 관행과 룰과 모럴에 변칙적으로 도전한 꼴이 됐다.

한편 새로운 세기에 들어선 지금 또 하나의 이웃 나라 중국에서는 이전과는 다른 세대, 즉 최근에 이룩한 국가적 성취에 자부심을 느끼는, 특히 2천 년 이후에 출생한 세대가 자라나고 있음을 본다.

과거 서세동점의 시기에 물밀듯 들어오던 서양 문화의 기세에 놀란 중국인들이, 자기들의 전통을 지키며 서양의 물질문명을 받아들인다는 이른바 중체서용(中體西用)이라는 슬로건을 내걸 때가 있었다.

그리고 이번엔, 자신들이 근래의 짧은 시간에 이룩한 양적인 성과에 고취되어 서구 문화의 본질을 제대로 이해하지 못한 채 백여 년 전의 그때처럼 서양의 문명을 그저 외형적인 물질문화로만 이해하려는 풍조가 그들의 의식 속에 여전히 잠복해 있다는 느낌을 받게 된다.

그처럼 모든 서구 문명의 총체적인 기운을 이제는 중국 전래의 형이상학적인 정신문화나 중화주의의 세계관 안에 담을 수 있다는 자신감과 나아가서는 그걸 기반으로 세계를 향해 어떤 식으로든 목소리를 내려고 하는 스탠스도 보여주고 있는데, 그렇다면 나머지 세계는 그것을 어떻게 이해하고 대처해야 하는지 큰 과제를 안겨주고 있는 것이다.

더하여 간과할 수 없는 것은, 자유민주주의와 대척점에 선 일당독재국가 또는 일인독재국가이면서 멀지 않는 과거에 서양의 제국주의 세력에 의해 중화의 자존심이 손상됐다는 인식을 여전히 가지고 있는, 21세기의 새로운 would-be 초강대국인 그런 나라 안에서 언뜻 보여지는 모습, 말하자면 이제는 서양에서는 철이 지난 골동품처럼 되어버린 이념인, 그러한 자국 중심의 국수주의에 맹목적으로 길들여

져 가는 중국인들의 모습이다.

2차대전의 영웅 맥아더는 태평양전쟁이 끝나고 일본이 항복한 후 다음과 같은 유명한 말을 남겼다.

"일본인의 정신연령은 12세밖에 되지 않는다."

과연 그런 식으로 말한다면 지금의 중국 인민의 정신연령은 얼마나 될까…?

아무리 세월이 흐르고 서양 문명의 세례를 받았다 할지라도 지금의 일본 국민이 근본적으로 천황의 신민으로, 아직도 잠재적으로는 무사도의 이념의 한계에서 벗어나지 못하고 있다면 지금의 중국인은 아무리 우주를 가고 초고속열차를 만들고 경제 초강대국의 국민으로 살아간다 하더라도 여전히 중화주의의 이념 아래 19세기 청나라 백성으로서 살아가고 있는지도 모른다.

그처럼 중국인들은 자기들의 마지막 전제왕국 청나라 시대의 백성들이 가졌던 의식에 머물러 살면서 어찌 보면 위험하게도, 현재의 서구 문명을 자기들의 방식으로 이해하고 이용하려고 하며, 또 그럴 수 있다고 생각하는지도 모를 일이다.

어찌 됐든 우리가 이제는 어쩔 수 없이 하나의 지구촌이 되고 달나라와 우주에 가는 현대에 살고 있지만, 만약에 중국인들의 입장에서 백여 년 전에 서양이 동양에 했던 방식을, 그들의 방식으로든 또는 어떤 식으로든 다시 되풀이해야 공평하다고 생각한다면, 정말 혹시라도 그렇게 생각한다면 참 우려스러운 일이 아니라고 할 수 없다.

35. 일본의 몰락

. . . .

✎ 나는 6년 전에 쓴 금발의 승리에서 일본을 백년에 한 번 꽃을 피우고 지는 선인장인 용설란에 비유한 바 있다.

그동안 아시아 국가로서는 유일하게 서양의 선진 강대국들과 어깨를 같이하며 특출한 존재감을 뽐내왔던 일본은 급기야 1980년대 말쯤, 끝을 모르고 치달았던 국운의 피크를 찍었고 그런 다음 소위 잃어버린 20년(아니 30년?)을 지나며, 이제는 전과 같이 하나의 국가로서의 총체적인 활력이나, 아니면 비록 경제부문만일지라도 이전과 같이 세계를 뒤흔들던 파괴력은 더 이상 보여주지 못하고 있다.

그리고 최근 1세기 이상 일본이라는 국가를 세계인에게 각인시키고 또한 그들의 특별한 성취를 가능하게 하고 지탱하게 해주었던 그 일본이라는 국가의 특별한 이미지는 이제 너무나 소비되어 서서히 바닥을 드러내었고, 그와 함께 일본의 전통적인 유무형의 자산은 고갈되어갔다.

그러는 사이 언제부턴가 일본은 이미 하나의 국가 단위로서 갖춰야 할 필요불가결한 요소인 상상력이나 비전을 잃어버렸고, 그렇게 국가란 체계를 쉬지 않고 존속해 나가게 하는 명분이나 동력을 상실한 듯 사회 전체가 어떤 목표를 잃은 것처럼 활력은 떨어졌다.

아마 최근 한 세기 이상 그들의 지나온 세월이 너무 특별하고 강렬했기에 그만큼 지금 일본이 보여주는 국력의 정체상태는 무기력과 상실감 그리고 일종의 집단적인 권력 금단증상 같은 심리적 진공상태의 모습까지 보여주는 듯하다.

거기에 태생적으로 외부의 힘에 의하여 조급과 졸속으로 만들어진 민주국가체재로서의 한계를 보여주듯 국가라는 실체의 주인이어야 할 국민 개개인의 모습도 보이지 않고, 목소리도 들리지 않는다.

작금의 일본 사회가 보여주는, 뭔가 의기소침한 분위기를 일신하기 위해서는 그 나라의 국민들이 국가란 시스템의 우산 밑에서만 안주하지 말고 각자 주체성을 가진 시민으로서 홀로 서며, 기존의 국가가 가지고 있던 권력이나 제도와 상관없이 도전적이고 시험적일 만큼 일단 시민의식에 기초한 연대감을 갖는 것도 중요할 듯하다.

그런데 모두가 잘 알고 있듯이 일본 국민은 자생적인 시민운동의 경험이 (1920년대의 잠깐 무시해도 좋을 만한 아주 예외적인 기간 외에는) 거의 전무하기 때문에 어떠한 바람직한 민주시민으로서의 역량도 아직 보여주지 못하고 있다.

그리고 시대는 변하여 지금 일본이 맞닥뜨려야 하는 세계의 정세는, 소위 야마토의 혼과 무사도의 정신으로서는 더 이상 버틸 수 없는 호락호락하지 않는 환경이 되었고, 그런 것들은 오롯이 그들이 감내해야 하는 현실이다.

앞에서 언급한대로 이제껏 제대로 된 시민운동의 역사를 가지지 못한 허울만의 민주국가, 어쩌면 유사민주국가라고 불려도 될 그들의 민주시민으로서의 의식, 아니 정확하게 말해서 근본적으로는 여전히 천황의 신민으로 머물러 있는 정도의 그들의 정치적인 의식은 이제 그 허약함의 수준을 감출 수가 없게 되었으니 언감생심(焉敢生心) 더 이상 21세기의 변화된 세상을 감당하기에는 역부족인 상태로 보인다.

그들은 역사적으로 봉건영주와 같은 다이묘(大名)의 백성에서 천황의 신민이 되었고, 그리하여 무사도와 야마도의 혼으로 부국강병을 이루었다. 그리고 전후에는 패전을 딛고 경제 강국이 되는 기염을 토했으며, 지리적으로는 대륙의 중심이 아닌 극동의 변방에 위치하여 일찍이 미개와 정체 그리고 수구퇴행의 이미지로 덧씌워진 여타 아시아 국가들과는 달리 홀로 세계인에게 항상 주목받은 특별한 아시아인이 되었었다.

그렇지만 알고 보니 그들은 이제껏 개체성이나 주체성을 가진 개인들이 아니었고, 항상 소속이 필요한 집단 속에 존재하고 있었으며 맥아더의 군정 후 80년이 지나는 동안에도 끈질긴 유령과도 같던 일본 제국주의의 향수와 잔상을 끝내 극복하지 못한 채 유감스럽게도 진정한 민주국가의 시민이 되는 기회를 놓쳐버렸다.

이제 외력이 아닌 내부로부터 와해되어가는 일본, 이미 효용을 다해버려서 고갈되어 버린 듯한 일본의 혼과 정신, 그렇게 무너져가는 덴노(천황)와 사무라이의 국가에, 그리고 지금처럼 집단 무기력에 빠진 국민에게 다시 새로운 생명력을 불어넣는다는 것은, 안타깝게도 현재의 상황으로는 이룰 수 없는 어렵고 힘든 과업처럼 보인다.

36, 일본의 반성?

· · · · · · · · · · · · · ·

✎ 지나간 세기에 이루어진 일본 제국주의에 의한 침략과 전쟁에 대해서 우리뿐만 아닌 피해를 입은 아시아인은 일본에 대해서 끊임없이 사죄와 반성을 이야기한다.

되돌아보니 19세기 말부터 청일전쟁, 러일전쟁, 대동아전쟁 미국과 태평양전쟁 등 정말 일본은 짧은 몇십 년 동안에 항상 전쟁하면서 국가 전체가 전시상황으로 점철된 시대였나 보다.

국제 무대에 뛰어든 비서구의 후발 산업국가, 그리고 제국주의 열강의 무대에 데뷔한 유일한 아시아의 근대화 국가.

그들은 일찍이 탈아입구를 내세우며 낡은 아시아와 결별하고, 서양의 근대화방식을 받아들여 국가의 면모를 일신하고 서양의 선진 제국을 본받아 부국강병에 힘을 기울였다.

그리고 국가의 기능을 재빠르게 전시체제로 정비한 다음 청일전쟁을 일으켜 동양의 오랜 종주국인 중국을 패퇴시키고 다시 남하하는 러시아를 물리쳐서 기존의 서양 강대국들도 이 새롭게 떠오르는 아시아의 신진제국을 괄목상대(刮目相對)하게 만들었다.

이게 다 우리가 아시아의 은둔 국가로 머물러 있는 동안, 변화하는 세계정세에 눈을 뜨기 이전에 일어난 역사적인 사건들로 백여 년 전 제국주의가 횡행하는 정글 같은 양육강식의 시대에 우리의 이웃 나라는 우리도 모르는 사이에 대륙의 변방, 아니 정확히 말하면 대륙의 변방에서도 유리된 섬나라에서 그처럼 짧은 시간 안에 신흥강대국으로 우뚝 선 것이다.

이러한 일본 역사는 한국인이라면 누구나 다 아는 사실이다.

그런데 그들에게 있어, 지난 약 한 세기 반의 질풍노도의 시간은 어떤 부작용과 부정적 반대급부가 있더라도 그것은 어두운 천지에 태양이 떠오르는 것과 같은 영광스럽고 찬란한 역사이며, 동양의 유일한 문명화된 강국으로서 서양의 제국주의와 맞서서 아시아를 지킨 역사, 아시아의 변방에서 부국강병에 매진하여 제국주의로서 존재감을 드러낸 역사이다.

한편으로 말하자면 서양과 싸워서 서양을 괴롭혀서, 그들에게 만만하게 보이는 상대가 아닌 그들과 대등하게 인정을 받은 역사이다.

그처럼 일본인들에게 있어 지난날의 전쟁은, 서구 세력의 침탈에 맞서 아시아에서 유일하게 근대화된 선진 강대국의 존재감을 드러낸 사건이다. 그리고 한편으론 역설적으로 아시아를 지킨다며 아시아를 무시하고 아시아를 부정했으며, 결과적으로 서양인의 오리엔탈리즘에 영합하여 서구의 제국주의 세력과 이념적 공유를 하게 된 역사적 사건이기도 하다.

어찌 됐든, 그들의 입장에서 볼 때, 그러한 전대미문의 영광스러운 위업을 수행했던 그들에게 있어 한국의 식민은 그저 대륙을 위한 진출에 불과하며, 동남아의 점령은 서구 제국주의에 맞서 동양을 지키는 과정이라고 일본인들은 생각한다.

어렸을 때 보면 개인끼리의 관계에서도 상대방과 붙어 대판 싸우고 나면 비록 내가 피해를 보더라도, 그렇게 내가 받은 피해는 차치하고 잘잘못을 떠나 그냥 상대방의 존재감을 인정하기도 한다.

어떤 식으로든 상대방에 못되게 굴어서 본인의 만만치 않음을 인정받는 건데 일본의 경우를 보면 서구 세력에 저항하고 대결하면서 결과적으로 다른 아시아를 우수한 문명권에 지배받을 수밖에 없는 하등한 지역으로 자리매김시키고, 지금의 진보적인 시각에서 본다면 서양의 도덕적 아킬레스건인, 서구 세력의 아시아에 대한 제국주의와 오리엔탈리즘을 합리화시켜주는 역할을 하며 전후에는 어느 정도, 동양에 대한 서양 지배의 이념적 정당성을 인정하고 공유하는 동지와 조력자가 되었다.

그처럼 동양의 제국주의로 되갚아 서양의 제국주의를 혼내준 아시아 국가.

미개와 정체와 퇴행의 대륙인 아시아에서 그나마 아시아의 체면을 살려준 국가.

전쟁이라는 극단적이고 비인간적인 방식을 사용했지만, 어쨌든 그로 인하여 세계를 지배하는 서구 선진국에 그들과 동등한 수준으로 인정받게 된 국가와 그 국민들.

그런 식의 마인드와 시각을 가지고 있는 사람들에게 과연 과거를 반성할 도덕적인 공간이 있을까?

그리고 거기에 더하여 세계 유일의 원폭의 피해 당사국으로 각인되고 싶어 하는 국가.

그들이 과연 일본 제국주의의 피해국 국민들이 원하는 대로 과거를 반성할까?

오히려 일본은 아시아가 반성해야 한다고 하는 대상인, 과거의 침략과 제국주의의 역사에 대해서 겉으로 드러내지 않지만 자부심을 느낄는지도 모른다.

다시 말하자면 아시아의 피해 당사국들이 일본에 대하여 반성해야 한다고 하는 바로 그러한 행위들로 인해서 일본은 세계인에게 그들의 존재감을 보여주었고, 서구 선진국들에게 그들과 같은 문명국으로 인정받았다고 내심 생각할 것이다.

그렇지만 필자가 내친김에 한마디 더 하자면, 일본이 지난날에 저질렀던 총체적인 전쟁 행위로 인하여 오히려 자부심을 느끼는 한 일본인은 변화하는 21세기에 거듭날 수 없고, 발전해가는 아시아와 진정한 동료가 될 수 없으며, 이제는 달라져 가는 서양의 진보적 역사관에도 영합하거나 참여할 수 없다.

그럼에도 불구하고 아직도, 일본은 아시아인들이 '귀찮게' 요구하는 과거의 잘잘못과 역사청산에 상관없이 세계는 그런 데에 관심을 가지지 않으며, 오히려 일본은 세계인들에게 문명국과 문명 국민으로 여전히 인정받고 존중받고 있다고 고집스럽게 생각하고 있는지도 모르겠다.

더 이상 말하지 않겠다.

이제까지 그랬던 일본이었다.

37. 위안부 문제

· · · · · · · · · · · ·

✎ 이쯤에서 위안부 문제를 거론하지 않을 수 없을 것 같다.

난 위안부 문제가 신문방송에서 제기되고, 이슈가 될 때마다 안타깝고 화가 많이 난다.

결론부터 말하자면 왜 그 여성들이 끌려간 경위에 대해서만 사람들이 얘기를 하고 관심을 가지는지 참 답답하고 속이 상할 정도이다.

물론 당연히 그 부분도 확실히 밝혀야 하고, 지금도 너무나 억울해서 피를 토하는 심정으로 진실을 밝히려는 당사자들이 계시다는 것을 알고 있다.

그렇지만 내가 생각하기에 위안부 문제의 핵심은, 당사자들이 그렇게 밝히고 싶어 하는, 그 당시 여성들이 어떤 과정에 의하여 끌려갔는지의 문제보다는 그분들이 끌려가서 당한 비인간적인 인권유린 그 자체가 아닐까 한다.

우리가 지금 요구하듯이, 아무것도 모르고 끌려간 피해자들이 너무 억울해서 그것의 강제성을 밝히는 동안 어쩌면 가해자는 뒤에서 웃고 있는지도 모른다.

물론 그 가해자의 실체가 지금은 이 세상에서 많이 떠난 물리적 당사자인지, 일본 제국주의의 책임에서 자유로울 수 없는 현재의 일본

국가권력인지 아니면 둘 다일 수도 있겠지만 어쨌든 그 가해자는 피해당사자인 우리가 위안부의 강제성을 가지고 따지는 데 시간을 허비하고 있는 걸 원하고 있을지도 모른다.

우리가 그런 불행한 역사의 강제성 여부를 밝히는 데에 머물러있는 동안 어쩌면 가해자들이 더 두려워할 수도 있는 전시상황에서의 인권유린 그 자체의 문제는 점점 희미해져 가고 있다.

그리고 작금의 상황을 보면 피해자 여성들의 강제성 여부의 문제에서 한 발자국도 전진하지 못하고 있는 것으로 보이는데, 여러 가지 정황상 확실한 팩트에 대하여 상대방이 단지 인정하지 않고 시간 끌기를 하고 있다는 인상마저 주고 있다.

진실은 상대방이 인정한다고 꼭 완성되는 것은 아니며 이런 특수한 경우에 이 정도의 증거면 사실관계는 밝혀졌다고 볼 수도 있지 않나 하고 개인적으로 생각해본다.

다만, 국가 간의 역학 관계상 정부에 의한 공식적인 과정이 필요하겠지만, 어쨌든 더 시간이 늦기 전에 우리는 고통스러울지라도 전시 상황에 일어났던 인권유린의 실상에 더욱 대면해야 하지 않을까 한다.

또한, 여기서 우리가 간과할 수 없는 것, 우리는 잊고 있었는지 모르지만 꼭 기억해야 할 것은 현재 이 세상을 살아가는 우리는 알게 모르게 모두 여성 순결 강박증의 가해자가 되어 살고 있으며 동시에 그런 이념의 피해자이고, 그럼으로써 우리는 또한 모두 그런 이념의 탈진한 패자가 되고 있다는 사실이다.

소문으로만 존재하던 위안부 피해 당사자가 전쟁이 끝나고 반세기가 가까운 1991년에야 처음 공개적으로 나타났다는 것도 우리의 의식 속에 가지고 있고 또한 그렇게 여성에게 둘러 씌어진, 바로 순결 강박증 또는 순결 콤플렉스의 망령 때문이었을 것이다.

만약에 전쟁이 끝나고 바로 그런 문제를 제기할 수 있는 사회적 분위기가 형성됐다면 문제가 이렇게까지 힘들어지지 않았을 거란 생각을 해보게 된다.

어쩌면 이 시대를 살고 있는 우리가 아닌 우리의 후손, 즉 50년 또는 100년 후의 후손들은(백 년 후에 인류의 역사가 계속되고 있을지 아니면 그게 어떤 모습일지 모르지만) 지금의 위안부 문제를 대할 때 그 여성들이 끌려간 과정보다는 그분들이 경험했던 인권 문제에 훨씬 더 관심을 갖고 분개할는지도 모른다.

그리고 그 후손들은 그 여성들이 끌려간 경위를 밝히는 데에 그토록 많은 것을 허비한 것에 대해 안타까워하고 아쉬워할 수도 있다.

물론 필자가 이런 시각으로 글을 쓰는 것이 뜻하지 않는 오해도 불러일으킬 수 있기에 너무도 조심스럽다는 것을 알고 있다.

결론적으로 위안부 문제의 핵심은 전쟁 중에 벌어졌던, 여성이라는 사회적이고 물리적인 약자에 대하여 그리고 거기에 더하여 성적으로 약자인 여성에 대하여 가해졌던 철저한 폭력과 인권유린의 역사이며, 결과적으로 우리 모두는 가해자이고 피해자이다.

우리의 반은 남자로 태어나 남자로 살며 남자로 죽듯이, 나머지 반도 여자로 태어나 여자로 살며 여자로 죽는다.

그렇다면 우리는 남자나 여자가 아닌 인간으로서 피해자인 인간을 바라본다는 게 그렇게 어려운 일일까?

　우리가 계속 남자와 여자의 관계 속에서 그 여성들을 바라본다면 자꾸 말하기도 고통스러운, 그렇지만 언젠가는 해결해야 할 소위 '위안부 문제'에서 한 발자국도 나아가지 못할 것이다.

　지금으로는 쉽진 않겠지만, 우리가 모든 남녀 간의 불합리한 억압이나 구분에서 자유로워진다면 비로소 우리는 이 땅을 살아가는 똑같은 인간의 시각으로 피해의 당사자인, 똑같은 인간의 상처받은 인권을 조금 다른 시각으로 바라볼 수 있게 되지 않을까 생각해본다.

38. 내로남불

. . . .

✎ 나는 머리말에서 이 책을 쓰는 나름대로의 방향과 각오를 말하면서 수필의 형식으로 자유롭게 쓰겠다고 밝힌 바가 있다.

이번 글은 아마 그런 콘셉트에 가까운 글이 아닌가 싶다.

유치한 얘기가 될지 모르지만 나는 여러 가지로 힘들었던 20대 중반에, 물론 힘들지 않은 청춘이 어디 있을까마는, 불현듯 "인생은 연극이다."라는 말을 스스로 만들어 생각해내고 무엇인가 발견한 것처럼 참 멋있는 말을 하였다고 짧은 시간이지만 흐뭇해했던 기억이 난다.

그런데 그 시덥잖은 뿌듯한 생각은 얼마 가지 못했다.

영국의 극작가(playwriter)로 오스카 와일드란 인물이 꼭 그런 말을 한 것을 알아버렸기 때문이다.

물론 항상 연극과 접하는 그의 이력으로 봤을 때 그가 말한 인생은 연극이라는 경구는 내가 생각하는 의미하고 약간 다를 수도 있다.

그런데 그때 내가 느낀 것은 똑같은 말이라도 유명한 사람이 하면 경구화되고, 그 의미에 더욱 무게감이 실리고 후세에 회자가 되는구나 하는 것이었다.

여기서 나는 '내로남불'이란 말을 떠올려본다.

나는 내로남불을 생각할 때마다 누가 그 말을 처음 만들었는지 참 대단한 비유고 대단한 센스라고 느껴지며, 도대체 그 말을 처음 내뱉은 사람은 누구일까 궁금해지기도 한다.

그리고 그런 기발한 말에도 특허권이 있다면 그런 말을 인용할 때마다 사용료를 지불해야 하지 않을까 하고 혼자 '오버'해서 생각해본다.

그런가 하면 내로남불은 정가에서 상대방의 이중잣대에 대하여 냉소적인 의미를 담아서 자주 쓰이기도 하는데, 최근에도 역시 우리의 정치 현상과 맞물려서 일본과 미국의 언론에 소개된 적이 있어 잔잔한 화제를 낳았다.

내 얘기를 하자면 나도 하나를 밝히는데 언젠가 인터넷에서, 앞에서 한번 사용한 것처럼 "일본은 유사 민주주의 국가다."라는 표현을 처음으로 만들어서 썼더니 그 뒤로 그런 표현이 가끔 등장하는 것을 보고 인터넷이란 공간은 참 재미있는 곳이라는 생각을 새삼하기도 했다.

그리고 여기서 앞에 말한 내로남불이 갖는 의미와 약간은 비슷한 의미를 가졌지만 꼭 들어맞는 의미는 아닌, 예수가 말했다고 성경에 소개되어있는 "죄 없는 사람은 이 여인에게 돌을 던져라" 하는 말씀의 예를 들어보고 싶다.

(참고로 비교하자면 내로남불은 문제가 되는 똑같은 사안을 두고 입장이 다를 때 달리 판단한단 말이고 예수의 그 말씀은 누구나 모든 죄에서, 또는 어떤 특정한 죄에서든 우리 모두는 자유로울 수 없다는 뜻이 되지 않을까 한다.)

개인적으로 예수의 말씀 중에 좋아하는 표현인데 무려 이천 년 전에 어떻게 그런 비유를 할 수 있었을까 놀랍기도 하다.

물론 범인으로서 성인의 말씀을 평가한다는 것 자체가 어불성설이고 불경이 될 수도 있다.

어쩌면 예수가 그런 표현을 하지 않았다면 그런 의미를 담고 있는, 우리가 생각할 수 있는 어떤 비유도 예수의 그런 임팩트 있고 적절한 비유에는 미치지 못할 것이라고 생각해본다.

성경의 내용을 보면 간음을 한 여인을 돌로 치려고 하는 군중들을 향해 예수는 죄 없는 사람이 이 여인에게 돌을 던지라고 하자 사람들이 그 의미를 깨닫고 모두 그 장소를 떠나갔다고 쓰여있다.

그런데 내가 놀랍고 궁금한 것은 그 당시에 모였던 군중들이 그런 비유의 의미를 잘 깨달았는지 그랬다면 이천 년 전의 사람들의 의식 수준이 그렇게 높았을까 아니면 예수의 카리스마에 눌려서 아무런 행동도 보이지 못했을까 좀 궁금하기는 하다.

죄 없는 사람이 간음한 여자에게 돌을 던지라라는 말씀에 그 군중 중에서는 우리가 상상할 수 있는 여러 부류의 사람들, 즉 마음속으로만 '그런 행동'을 한 사람도 또는 그런 행동을 하려는 마음이 있었지만 실행하지 않았거나 못했던 사람도 그리고 그런 행동을 했는데 아무도 본 사람이 없어서 들키지 않은 사람 등 우리가 생각할 수 있는 여러 경우의 사람 중에 아무도 자기는 죄가 없으니 나는 저 여자에게 돌을 던져도 된다 하는 사람이 없었던 걸 보면서 비록 이천 년 전이라도 그 자리에 있었던 사람들의 의식 수준을 다시 한 번 생각해보게 된다.

39. 황인종의 내로남불

✎ 우리는 보통 황인종(또는 동양인)이 백인종(또는 서양인)에게 침략을 받고 식민지가 되어 지배를 받고 또는 학살을 당했다고 그냥 보통, 일반적으로 이야기한다.

그렇게 역사적으로 동양은 서양에 일방적으로 피해자였다고 습관적으로 이야기하는 걸 쉽게 볼 수 있다.

그렇지만 우리가 막연히 생각하듯이, 동양과 서양의 문명이 만난 이후에 서양의 제국주의가 주체가 되어 동양에 대한 침략이나 식민 지배 과정에서 적어도 현지인을 본격적으로 노예 자원으로 차출했다거나 또는 역사에 남을만한 동양인에 대한 제노사이드(genocide)나 조직적인 학살은 없었다.

그런데도 우리는 백인들이 타 인종을 학살했다고 단정적으로 이야기한다. 물론 시야를 넓혀 아메리카 대륙이나 중동 등 다른 지역까지 확대한다면 경우가 다를지 모르지만, 적어도 아시아 특히 동아시아 지역에서 백인종에 의하여 황인종에게 이루어진 기록에 남을만한 학살은 없었다.

또한, 서양 세력이 동양 문명을 침탈한 시발점이 된 대표적이고 상징적인 사건인 아편전쟁으로 인한 희생자도 적었고, 그 이후 중국 대륙에서도 우리가 학살이라고 부를만한 서양인에 의하여 저질러진 행위는 없었다.

정확히 하자면 그러한 학살이나 침략 전쟁은 백인종에 의하여 타 인종에게 이루어진 행위에만 국한된 게 아니고 역사적으로 유럽 대륙에서 같은 백인종끼리도 자주 이루어졌고 오히려 중동이나 오스만 세력에 의하여 유럽인이 피해자가 되는 경우도 있었다.

그럼에도 우리는 백인은 타 인종을 노예로 부리고 학살했다고 너무나 쉽게 이야기하는데, 적어도 동양인에게 해당하는 역사는 아닌 것이다.

물론 필자는 백인의 가장 큰 범죄로 피부색이 다르다는 이유로 아프리카 흑인을 대대적으로 노예 자원으로 이용한 것과 비록 같은 백인 내에서지만 나치의 조직적인 유대인 학살 이 두 가지를 백인에 의해 저질러진 가장 큰 범죄로 개인적으로 생각한다.

어쨌든 백인의 입장에서 보면 흑인을 노예로 부린 것과 신대륙에서 저질러진 원주민에 대한 학살이 타 인종에 대한 대표적인 인종학살의 역사로 남아있다. 특히, 아프리카의 흑인을 대대적이고 조직적으로 신대륙에 이주시켜 노예 자원으로 이용한 것에 대하여는 행위의 당사자인 백인 자신들도 아직까지 그에 대한 원죄의식에서 벗어나지 못하고 있고, 때로는 가해자로서의 트라우마까지도 가지고 있는 듯하다.

그런데 내가 이야기하고 싶은 것은 애초에 동양과 서양 사이에서 상대방에 대한 공격과 학살은 역사적으로 황인종이 백인종에 대하여 먼저 가해자가 되었다는 사실이다.

13세기 몽고는 칭기즈칸에 의하여 통일을 이루고 휘하의 장수들이 서쪽으로 정복 전쟁을 떠나 중동을 유린하고, 유럽 쪽으로도 진출하여 역사상 유례없는 대제국을 건설했다.

그러는 과정에서 그들이 정복하는 원정길에서 지나는 곳마다 지구상에 인구도 적었던 그 당시에 전례가 없는 무자비한 대량 학살과 초토화 작전을 수행하여 지금의 러시아 영토와 동부 유럽 쪽에 회복하기 어려운 막대한 피해를 입혔다.

그런데도 서양인은 그렇게 막대한 피해를 입었음에도 몽고의 황제인 칭기즈칸에 대하여, 물론 학살자라고 지칭하기도 하지만, 반면에 침략이 남긴 긍정적인 효과를 구태여 인용하며 더러는 영웅으로 인정하는 사람도 있는 걸 보면 서양인이 동양인보다는 역사를 보는 여유가 있다고 할까 그렇게 상대적으로 객관적인 시각을 가지고 있는 듯하다.

어찌 됐든 비교를 하자면 아시아와 유럽의 대륙에서 백인종에 의하여 학살당한 황인종보다 인구도 적은 그 당시에 황인종에 의하여 학살당한 백인종이 오히려 수적으로 훨씬 많았지 않았나 하는 생각이 든다.

그럼에도 오히려 황인종이 백인종더러 자기들을 침략하고 학살했다고 끊임없이 그리고 밑도 끝도 없이 주장하는 것은 참 아이러니다.

지난 세기 일본 제국주의하에서 이루어진 서양 세력과의 전쟁에서도 비인간적인 포로 학대는 서양(미국과 영국)이 아닌 동양(일본)에 의하여 자행되었다.

아마 서양에 대하여 동양이 피해의식을 가지고 침략이나 학살을 사실과 다르게 부풀리는 것은 근대에 들어와서 서구 제국주의에 의한 서세동점의 역사와 일방적인 식민 지배의 경험과 기억에서 비롯된 듯하다.

그런데 그렇게 피해자라고 느끼는 사람들이 오히려 몽고의 유럽 정벌의 역사를 대함에 있어서는 전혀 다른 모습이 되는 걸 볼 수 있다.

주위의 어떤 사람들은(어쩌면 많은 수의 황인종들은) 침략자인 몽고 군대에 빙의된 듯 아니면 몽고군의 말발굽 소리를 가까이서 듣는 것처럼, 순간 그들과 심정적으로 한편이 되는 듯하다.

그리고 원정의 과정에서 유럽 대륙에서 벌어진 무자비한 학살에는 아랑곳하지 않고 유럽의 서쪽 끝까지 진군하여 전 유럽을 정벌하지 않고 도중에 유럽의 어딘가에서 회군한 걸 무척 아쉬워하기도 한다.

이건 실로 앞에서 말한 전형적인 내로남불의 황인종 버전이다.

그 당시에 서양인은 동양인에게 공격을 하거나 위협적인 접촉을 한 적도 없는데 침략자인 황인종(몽고인)들은 상대방의 영역에 들어가서 무자비한 선빵(?)을 날린 것이다.

(디테일한 역사적인 사실에 들어가 보면 유럽지역에 원정한 몽고군에게 현지 병력에 의한 시비가 먼저 있었다. 그러나 그것은 지엽적인 문제이다.)

그러나 만약에 지금에 와서 그 당시의 몽고군을 응원하는 사람들의 바람대로 척박한 몽고의 초원에서 단련된 거침없는 원정군들이 유럽의 심장부까지 가서 당시의 유럽 문화를 초토화시켰다면 지금의 인류 문명은 어떻게 됐을지를, 이 시대의 사람들 특히 주위에서 몽고군에 심정적으로 동조하는 사람들은 한번 생각을 해봐야 할 것 같다.

그들의 바람대로 됐다면, 어쩌면 지금 우리가 누리는 발달된 현대 문명은 없었을지도 모른다.

그와 관련하여 다음 장에 계속해보기로 한다.

40. 만약 서양이 없었다면

· · · · · · · · · · · · · · · · · · · ·

✎ 언젠가 서양의 어느 학자가 말하기를, 기원전
에 그리스와 페르시아의 전쟁에서 그리스가 패했다면 지금 우리가 누
리는 민주주의는 없었을 것이라고 한 것을 기억한다.

모든 역사의 가정이 그렇듯이 무슨 일이 꼭 그렇게 됐을 거라고 단
정할 수는 없겠지만, 인류의 민주주의 역사에서 그리스가 갖는 의미
를 다시 한 번 각인시켜 주는 명언이라고 생각했다.

그처럼 당시의 그리스의 도시국가는 개인의 독립성과 자유가 보장
되고 공개적인 장소에서 국사가 논의되는, 당시의 중국은 말할 것도
없고 서양의 어느 지역에서도 볼 수 없는 독특한 시스템을 가진 국가
였다.

그렇게 민주주의의 맹아로서 역할을 한 그리스인의 정치의식이 뒤
이어 로마의 민회정치를 거치며, 비록 역사적인 노정에서 부침이 있었
다고 하지만 유럽에서 민주주의의 기틀을 다지게 하고 면면히 이어져
서 지금의 서구의 민주제도를 정착하게 하는 기반이 된 것은 부인할
수 없는 사실인 것이다.

(참고로 현대의 민주정치제도의 꽃이라고 하는 삼권분립은 인류가 만
들어낸 탁월한 발명품이라고도 한다.)

그런데 그러한 유럽의 민주주의에 또 한 번 위기가 있었다고 필자

는 생각해보는데, 만약 13세기에 있었던 몽고의 유럽침입과정에서 그들의 군대가 도중에 스스로 회군하지 않고 계속 전진하여 전체 유럽대륙을 유린했다면 어떻게 됐을까 한번 생각해본다.

그 당시의 유럽은 혼란기였고, 상대보다 우위를 보이는 근대적인 군사의 기술이나 능력도 아직 제대로 갖추지 못한 상태에서, 거칠 것 없이 돌진해왔던 몽고 군대의 기세를 막기는 힘들었을 것이라 본다.

만약에 그렇게 유럽의 심장부까지 몽골군에 의해서 초토화됐다면 민주주의 제도뿐 아니고 우리가 지금 누리는 여러 가지 근현대 물질문명도 어떻게 됐을지 감히 가늠할 수가 없다.

예를 들면, 몽고 침략 이전에 서구 못지않는 선진 문화를 이루었던 러시아가 몽고군에 의한 파괴와 200년 이상에 걸친 몽고에 의한 지배 이후 어떤 길을 걸어왔는지를 보면 대충 짐작이 가지 않나 싶다.

'타타르의 멍에'라고도 불리며 자국의 흑역사가 된, 혹독한 몽고의 침략과 지배를 거친 러시아는 이후 서구 문명의 발전 과정에도 동참하지 못하고, 서구 중심의 문명과는 동떨어진 다른 길을 가게 된 것을 우리는 잘 알고 있다.

그리고 몽고제국에 의해 답습된 전제적인 정치체제는 아직도 족쇄처럼 러시아 사회를 짓누르고 있는데 결과적으로 그러한 정치적 토양은 러시아를, 그동안 끊임없이 인본주의적인 민주체제를 진전시켜온 여타 서부 유럽지역과 구분 짓게 하는, 러시아 문화의 또 하나의 특징이 되고 있음을 보여주고 있다.

그처럼 오래전 몽고의 침략과 지배는 지역적으로 동부 유럽, 특히 러시아역사에 씻을 수 없는 생채기를 남겼고, 근본적으로 백인 문명이면서도 유럽과는 다른 모습을 보이는 현재의 러시아를 이루게 하는 데 근본적인 이유를 제공했다.

그리고 돌이켜보면 현재 우리가 누리고 있는 근현대 문명의 많은 부분은 그 뿌리를 거슬러 올라가면 유럽의 르네상스에 상당한 연원을 두고 있지 않을까 한다.

그런 르네상스의 기운이 유럽 전체로 확산되고 그렇게 꽃피운 유럽 문명은 나아가 대서양을 건너 또 하나의 대륙에 상륙하게 되고, 현시대에 와서 우리 인류는, 비록 부분적으로 부정적인 면이 있더라 하더라도, 팍스아메리카나의 영향 아래 모든 물질문화나 소프트문화의 세례를 아낌없이 받고 있다는 것 또한 부정할 수 없다.

그렇게 생각해본다면 지나간 13세기 유럽 대륙에서 벌어졌던 몽고군대의 질풍노도와 파죽지세의 역사적 현장에서 예기치 않게 이루어진 몽고군의 결정적인 회군은 어쩌면 현대문명을 마음껏 누리는 지금의 우리 인류에게, 특히 징기스칸을 영웅시하며 유럽 정벌에서의 아쉬움을 느끼는 오늘날을 살아가는 황인종들에게도 큰 행운이 아닐까 생각해본다.

적어도 동양의 황인종들이 지금 누리고 있는 삶이, 서양 문명의 간섭이나 접촉이 없었던 몇 세기 전의 동양의 전통적인 삶보다 낫다고 느낀다면 말이다.

41. 러시아를 생각하며
· · · · · · · · · · · · · · · · ·

✎ 나는 지난날의 냉전시대에 러시아를 보면서 느꼈던 게 왜 러시아인들은 백인의 외모를 하고 있으면서도 같은 서구 문명의 뿌리를 가진 미국과 양보 없는 극한대립을 하는지 그리고 미국과 소련을 중심으로 한 양대 진영이 서로의 공멸을 초래할 정도로, 그렇게 인류의 운명이 위태로울 정도로 대치를 하는지 한편으론 의아했었고 한편으론 이념이란 것이 어떤 가치와도 바꿀 수 없고 타협이 있을 수 없는 것이며, 심지어는 지구와 인류의 운명을 희생하면서까지 지키고 쟁취해야 하는 건가 보다 하고 애써 수긍하려 했던 기억이 난다.

내가 생각하기에 일단, 첫째 러시아는 추운 기후, 아마 인류가 제대로 된 문명을 이루어 사는 지역 중 가장 추운 지역이 아닐까, 그리고 두 번째 서부 유럽과는 다른 동로마 문명의 계승자, 동로마에서 유래된 키릴문자를 사용하고 러시아 정교를 믿는다. 또 세 번째로 앞에서 언급한 240년간의 몽고 지배의 영향 아마 이 세 가지가 러시아와 러시아인을 제대로 이해하는 키워드가 아닐까 생각해본다.

그런데 그중에서도 황인종인 몽고인에 의한 지배의 경험이, 백인 국가의 뿌리를 가진 러시아를 근본부터 흔들어 놓았고 급기야는 러시아로 하여금 유럽과는 다른 정체성을 가지게 했으며, 현재의 러시아의 모습에 크나큰 영향을 주지 않았나 싶다.

그래서 러시아인을 동양인과 서양인 사이의 고아라 부르기도 하고 러시아는 유럽과 아시아 사이에 있는 섬이라고 말하기도 하는데 또한, 2백 년 이상 몽골인의 지배와 오랫동안 시베리아인들과의 접촉에 의해서 혈통적으로 볼 때도 지금 러시아인의 80% 이상은 아시아인의 유전자를 가졌다고 한다.

(어떤 유럽인은 러시아인더러 '망가진 백인'이라고 이상한(?) 말을 한다.)

만약에 유럽의 동쪽 변경의 넓은 땅에 러시아인이 살고 있지 않았다면 13세기 몽고 군대는 바로 시간을 지체하지 않고 유럽의 중심부로 직행했을 게 틀림없는데, 그랬다면 유럽 문명의 운명은 지금과 어떻게 달라졌을까 하는 생각도 해보게 된다.

그렇게 러시아는 유럽 세력의 선봉에서 방파제 역할을 하며 어려운 시간을 보내는 동안에 몽고군의 서쪽으로의 진격을 지연시켰고 대신에 서부 유럽은 풍전등화의 목전에서 유럽 문명의 파괴라는 최악의 상황을 피했으며, 그 뒤로 200년 이상 러시아는 몽골의 제후국이 됨으로써 결과적으로 러시아의 존재는 서구 문명을 지켜주는 완충지 역할을 한 셈이다.

그렇지만 서유럽은 그런 러시아의 역사를 아는지 모르는지 오히려 러시아의 세력을 경계하거나 경멸하거나 또는 잠재적으로 러시아포비아를 보이기도 하는데 예를 들면, 크림전쟁 때 오스만튀르크와 한편이 되어 러시아와 맞서기도 하고 또는 러·일전쟁 때 영국이 러시아함대가 통과하려 하는 수에즈운하를 봉쇄하여 노골적으로 아시아의 신흥강대국인 일본 편을 들기도 하였다.

그리고 유럽의 전통 강대국들은 나폴레옹이나 히틀러의 예에서 보듯이 그들의 힘이 넘칠 때마다 러시아 침공을 강행하여 그곳에 비축된 힘을 쏟고, 비록 원정군이 승리를 쟁취하지는 못했지만 서로 간에 소모적이고 파괴적인 전투를 벌이는 행태를 보였다.

인류의 역사에서 가장 추운 곳에서 문명을 개척한 사람들, 동토의 시베리아에 길을 닦고 철도를 건설하고 도시를 만들며 인간으로서 극한적인 인내를 보여준 사람들,

넓은 국토의 양쪽에서 친구가 없이 묵묵히 오직 자신의 힘만을 의지하며 살아야 했던 사람들, 그리고 수많은 전쟁에서 혁명에서 사라진 젊은이들, 20세기 인류가 실험했던 공산주의라는 이념의 유령 앞에 스러져간 수많은 동토의 사람들,

넓은 러시아의 자연처럼 웅장한 역사 앞에서 오롯이 삶과 죽음의 운명을 견뎌내야 했던 수많은 이름없는 민중들,

아마 선조부터 대대로 온몸으로 러시아의 역사를 견뎌낸 사람들, 바로 그들 자신만이 러시아를 제대로 이해하지 않을까 한다.

푸틴이 비록 독재자라는 걸 알면서도 러시아 민중들이 그를 지지하는 것도 푸틴과 그들이 러시아의 영토와 역사의 주인인 러시아인이기 때문일 것이다.

밖에서 아무리 푸틴더러 독재자라고 외쳐도 그것은 러시아인들만이 판단할 수 있는 일이지 않을까?

들리는 말에 의하면, 그런 러시아가 제일 좋아하는 나라가 한국이

라고 한다.

한국이 더 성장하여 한국인이 아시아의 대표가 되고 황인종의 대표가 되어 러시아의 굴곡진 역사에 단초를 제공한 몽골의 침입에 대하여 어떠한 형식이라도 유감을 표시한다면, 러시아의 상처받은 영혼이 조금이라도 치유가 되지 않을까 개인적으로 생각해본다.

42. 서양의 근현대 문명

. . . .

✎ 나는 이제껏 남들처럼 해외여행을 많이 해보지는 못했지만, 지금도 비행기를 탔을 때 느끼는 약간의 불안감은 여전히 가지고 있다.

특히 비행 도중 난기류를 만났을 때 비행기의 동체가 둔탁한 소리를 낼 때는 나도 모르게 신경이 곤두서는데, 이걸 가리켜 고소공포증이라고 해도 될지 모르겠다.

그러다 보니 처음으로 하늘을 나는 기구를 만들어 지상에서 높이 하늘을 날았던 사람들의 용기는 어땠을까 생각해보게 된다.

그런가 하면 요사이 전례 없는 팬데믹 시대를 맞아 백신 접종이 뉴스의 키워드가 되고 있는데 지금처럼 의학이나 과학의 상식이 확립되지 않은 시대에, 백신이란 원리를 처음으로 활용하여 어린아이에게 천연두 접종을 감행했던 의사도 적잖은 용기가 필요했을 거란 생각이 든다. 말할 것도 없이 후세의 인류는 이러한 용감한 개척자들의 덕을 보고 있다는 생각도 당연히 하게 된다

그런데 내가 여기서 이런 말을 하는 이유는 그러한 혜안과 용기를 가진 특출한 인물들, 특히 근대 이후에 여러 가지 발명이나 발견을 한 사람들은 왜 하나같이 서양인일까 하는 점이다.

현대생활을 누리는 오늘날도 주위를 둘러보면 모든 것이 거의 예외

없이 서양인의 번득이는 아이디어나 영감, 그리고 거기에 더하여 때로는 용기의 창조물인데, 최근에 IT 혁명이라 불리는 첨단 정보통신의 시대에 들어서도 마찬가지인 것 같다.

도대체 서양인들은 체질적으로 또는 환경이 뭐가 달랐기에 세월이 아무리 흘러도 인류의 문명을 새로운 차원으로 진입하게 하는 그런 창의적이고 기발한 아이디어는 모두 그들에게서 나오는 것일까?

앞에서도 언급했지만 요즈음의 중국의 경우를 보자면, 그동안 서구 선진 세계의 기세에 눌려있던 그들이 최근에 이룬 가시적인 성과로 어느 정도 자신감을 얻었는지, 덩샤오핑 이후 견지해 왔던 도광양회(韜光養晦)의 유지와는 맞지 않게 중화민족의 굴기를 거리낌 없이 내세우며 때로는 패권주의적으로 보일 정도로 내셔널리즘을 드러내고 있는 상황이다.

그처럼 최근에 이룩한 외형적인 성과로 인하여, 중화민족의 부흥이라는 슬로건 아래 영국과의 아편전쟁 이후로 서양에 의한 온갖 불평등과 굴욕의 역사 속에서 상처받은 자존심을 회복하고 만회하려는 모습을 보이는데, 그러는 과정에서 배타적이며 때로는 공격적인 경향을 보이기도 한다.

그런데 천하의 중심이라고 믿었던 그들이 서양에게서 받은 자존심의 상처가, 그들의 문호 개방 이후 서양 문명의 전파로 인하여 그들이 누리게 된 온갖 현대 문명의 편리함과 이로움보다 더 뼈아픈 것인지는 나도 모르겠다.

서양의 어느 학자가 말하길 "공간만 있고 시간은 존재하지 않는다"

고 했던 중국.

그들이 만약 어떤 형태로든 서양 문명의 자극이나 전파가 없었다면 백 년이나 이백 년 전에 사진에 찍히거나 서양인에게 묘사된 그들의 모습에서 어떤 변화를 기대할 수 있을까?

그렇듯 서양 문명과의 접촉이 없었다면 오늘날 비행기를 타고 하늘을 날며, 우주선을 타고 달나라고 가고, 초고속열차로 대륙이 비좁은 듯이 왕래할 수 있을까?

뼈아픈 실상이지만 중국인은 서양인이 올 때까지 장풍과 축지법을 이야기하고 있었으며, 달나라는 그저 설화의 대상이었다.

중국이 그들의 구겨진 자존심을 말하려고 한다면 서양 문명에서 얻은 너무나 많은 것도 함께 이야기해야 하지 않을까?

어떻든 다른 동양인도 마찬가지겠지만 지금 이렇게 문명인의 형상으로 살아갈 수 있는 것은 다시 부언하지만, 서양인의 영감과 아이디어와 용기의 산물이란 것은 틀림없는 사실이다.

그러나 어떤 부류의 동양인들이 강변하듯 동양 문명의 파괴자이며 가해자가 되는 서양인들은, 동양인들이 자기들에게 당한 피해를 말할 때 적어도 공개적으로 드러내놓고 동양인에게 준 문명의 세례는 이야기하지 않는 것 같다.

그게 국화와 칼의 저자인 루스 베네딕트가 말한 서양인이 가지는 죄의식의 문화와 근본적으로 어떤 관계가 있는지는 잘 모르겠다.

43. 동도서기(東道西器)의 허구

· ·

✎ 중체서용과 화혼양재(和魂洋才) 그리고 동도서기.

위에 나열한 세 개의 사자성어는 세쌍둥이라고 해도 상관없겠다.

필자가 동도서기를 위의 소제목으로 한 것은 동도서기는 한국 버전(정확히는 조선 버전)이기도 하거니와 그 당시에 나라가 제일 힘이 없고 작으면서도 중체서용의 중(中)이나 화혼양재의 화(和)처럼 자기 나라만을 한정하지 않고 동양이라는 넓은 의미의 보편성을 내포한, 오히려 종합적이고 통 큰 거대담론을 내세웠기 때문이다.

어차피 인터넷을 뒤지면 다 알 수 있는 얘기지만 나라별로 간단히 요약하자면,

중국의 중체서용은 양무운동(洋務運動)이나 변법운동(變法運動)으로 이어졌지만 결과적으로 실패했고, 한국의 동도서기도 조선말의 개화파가 주장했지만 역시 아무런 성과를 내지 못했다.

다만, 일본의 화혼양재는 동양을 버리고 서양의 사상까지 받아들인다는 탈아입구로 이어져서 중국이나 한국과는 다르게 일단 근대화에 성공했다.

그렇지만 여기서 한 가지 오류를 발견할 수 있는데 왜 서양의 기술, 즉 물질문명을 눈에 보이는 형이하학적인 것으로만 이해했을까 하는 점이다.

서양이 이룩해낸 근대의 산업기술이나 과학 물질문명은 그들의 정신, 철학, 사상 또는 그들의 의식 세계가 밖으로 발현되어 나타난 실체이기 때문에 그러한 외형적인 성과물과 그런 성취를 가능케 한 정신은 따로 분리할 수 없는 것이다.

다만, 그 당시의 동양인은 서양의 외형적인 물질문명에 감추어져 드러나지 않은 서양 문명의 정신과 사상을 보려는 의지도 능력도 여유도 없었다고 하는 게 맞다.

어찌 됐든 동양의 정신문화는 서양의 그것과 마주쳐 비교해보니, 어떤 실체나 성과물도 외부적으로 드러내어 만들어내지 못하는 공리공론(空理空論)이란 것이 밝혀졌음에도 동양의 지식인들은 그러한 사실을 그 당시 서세동점의 쓰나미 속에서 쉽게 인정하지 못했다.

다만, 일본의 경우 유교와 같은 동양의 전통적인 이념이 상대적으로 깊숙히 뿌리내리지 못했던 이유도 있었기에 그들은 동양의 정신적인 세계관까지 '일정 부분' 버리고 서양을 택하여 탈아입구의 길로 갔다.

그럼에도 불구하고, 그들이 동양의 정신은 버렸다 해도, 정확히 말하자면 그들이 내건 기치는 비록 탈아입구였지만 유감스럽게도 서양 문명의 정신적인 원류인 기독교 정신과 르네상스의 인본주의는 근본적으로 이해하지 못했다.

대신에 그들은 야마토의 혼과 텐노오하이카, 즉 천황폐하(天皇陛下)를 부르짖으며 부국강병과 제국주의로 치달아 동아시아와 태평양을 전장터로 만들어버린 것이다.

심하게 표현하자면 물질은 정신이 밖으로 발현된 것에 불과한 것인데 바탕에 깔린 정신이나 사상은 외면하고 상대방의 기술과 물질문명만 받아들인다면 그것은, 경우에 따라, 사회적인 분위기가 속물근성의 풍조로 흐를 염려도 다분히 있는 것이다.

전후에 일본이 보인 경제적인 성공이 서구 사회로부터 한동안 냉소적인 시각을 받은 것도 일본이 여전히 그들의 편협한 사상의 그릇에, 서양 정신의 근본과 서양 문명의 룰을 외면한, 오로지 외형적인 서양 문명의 성과물만 흡수하려고 했던 어쩌면 '뻔뻔한' 태도 때문이었는지도 모른다.

44. 열심히 살았을 뿐인데…

· ·

✎ 위의 말은 미국에 사는 어떤 아시아인(한국계
인지 아닌지는 중요하지 않다.)이 흑인에게 소위 '인종혐오범죄'를 당하
고 나서 내뱉은 말이다.

아닌 게 아니라 최근 중국에서 시작된 유행병이 전 지구적 팬데믹
상황이 된 이후로 요사이 간간이 매스컴에선 미국에서(그런 현상이
꼭 미국 뿐은 아닌데.) 전에 없던 아시아인과 흑인과의 갈등이 보고되
고 있다.

그런데 그런 류의 뉴스를 보도함에 있어서 어느 정도는 선정적이고
약간은 자극적인 시각으로까지(적어도 내가 느끼기에는) 보도하는 경
향이 있는 것 같다.

그러면서 미국의 평균적인 흑인들이 평소에 백인에 대하여 쌓인 울
분을 이번엔 아시아인을 희생양으로 삼아 표출하고 있다는 뉘앙스를
풍기게도 한다.

그렇듯 그런 사건과 관련한 근래의 매스컴의 보도 태도는 그걸 접
하는 뉴스의 소비자에게 의도하든, 의도하지 않든 흑인에 대하여 난
데없는(?) 인종감정을, 약간은 무책임하게, 가지게 만드는 것 같다.

그렇다면 이쯤에서 필자는, 지금 그런 일이 내 눈앞에서 벌어지는
일이 아니라고 또는 내가 직접 당하는 일이 아니라고 생각해버리는

이기적인 필자는, 이런 냉정한 생각을 해보게 된다.

과연 미국 이민의 역사가 대체로 아시아인보다 오래됐으며, 특히 불행한 노예 이민의 기억을 가지고 있는 그들에게, 새로운 삶을 찾아 줄 기차게 들어오는 아시아인들이 그들에게 어떤 의미로 비쳐질까.

물론 새로운 삶과 희망을 찾아가는 아시아인들로서는 미국의 주류가 아닌 흑인이 어떻게 생각하건 그런 건 특별히 염두에 둘 여유도 없고, 그럴 필요도 느끼지 못할 것이다.

어쨌든 그들은 미국의 초기 이민 역사에서 소중한 노동력을 제공했고, 20세기에 들어서는 그들의 흑인 민권운동이 결과적으로 평등과 인권이라는 인간의 보편적인 권리를 위해서 싸운 셈이 됐으니 상당 부분 후발 이민자인 아시아인은 그러한 노력과 희생의 덕을 보고 있는 것도 사실이다.

옛날보다 사정이 나아졌다고는 하지만 여전히 백인 주류 사회인 미국에서 백인이 아닌 유색인종(colored)으로 구별되며, 아직도 차별이라는 굴레에서 완전히 자유롭다고는 할 수 없는 아시안들이 그런 흑인 민권 투쟁의 역사에 관하여 얼마나 인식을 하고 미국 사회에 뛰어드는지는 개인마다 다를 것이다.

필자도 지난날에 그 당시의 많은 젊은이가 그러하듯 미국 이민을 막연히 꿈꿔보기도 하여 미국 이민 설명회장에 가본 적도 있는데 언젠가 그곳에서 어떤 강연자가 한 말이 잊혀지지 않는다. 그가 말하기를 "미국인들이 아시아인의 이민을 받아들이는 이유가 황인종을 특별히 좋아해서 그러겠느냐, 아니다. 미국의 가장 큰 골칫덩이가 흑인과 백인 사이의 갈등인데, 그런 흑·백인종 사이에 바리케이드를 치라고 우리 같은 아시안을 받아들인다."라고 했던 기억이 난다.

아닌 게 아니라 그 뒤로 얼마 되지 않아 미국에서는 백인 경찰에 의하여 로드니 킹이라고 하는 한 흑인 청년이 구타를 당한 사건이 발단이 되어 LA에서 폭동으로 번졌을 때, 진압경찰들이 흥분한 흑인 군중을 코리아타운으로 유도했다는 얘기가 지금도 회자되고 있다.

당시 현장에서 이미 폭도로 변해버린 흥분한 시위군중과 그들의 약탈로부터 재산을 지키려는 한국 교민 사이에 느닷없는 황흑전쟁(?)이 벌어졌으니 그러고 보면 그때 그 이민설명회에서 했던 그 강연자의 발언이 그저 의미 없는 헛말은 아니었던 것이다.

나야 앞으로 미국에 살러 간다거나 그럴 일은 없겠지만, 혹시 새로운 삶이나 기회를 위해 미국으로 가는 사람들이 아직도 70, 80년대의 사고방식으로 미국은 당연히 백인 국가라 여기고 오직 백인들과의 관계만 염두에 두고 가는 사람은 이제 없을 것이다.

45. bonté와 beauté
. . . .

✎ 개인적인 얘기를 하자면 나는 고등학교 때, 누구나 핑계가 있겠지만, 공부에 집중하질 못해서 대학입시를 대비하여 수험공부도 제대로 하지 못하고 대학가는 거의 포기하고 있다가 졸업한 지 몇 년 후에 요샛말로 어떤 인서울대학교의 경제학부에 입학했지만, 겨우 2학년을 다니면서 중간에 휴학을 두 번이나 하였다.

그런 다음에 한 십 년 이상이 지난 뒤 동숭동 대학로에 본부가 있는 방송대학교에 편입하여 불문학전공으로 졸업하였다.

본의 아니게 그리고 느닷없이 사적인 얘기를 하게 됐는데, 다름이 아니고 불문학은 학부의 과정에서 프랑스의 식민지배로 인하여 불어를 쓰는 아프리카 지역에 관한 내용도 접하게 되는데 그와 관련된 어떤 아프리카 부족의 이야기를 풀어내고자 함이다.

불어를 배우는 과정을 통하여 우리에게 생소한 아프리카 문화를 접한다는 게 생경한 경험이었지만, 그렇게 배웠던 내용 중에 하나의 신선한 기억으로 남는 게 있다.

프랑스 식민 세력의 영향 아래 있던, 아프리카의 어떤 지역의 부족에서는 선함(bonté)과 아름다움(beauté)을 가리키는 의미의 단어가 분화되지 않고 하나의 단어로 되어있다고 하는데, 그걸 처음 알고 약간의 충격을 느꼈던 기억이 있다.

우리가 사는 문명사회에서는 아름다움과 선함은 별개의 개념을 가지고 있다.

아마 문명이 발전하며 사람 간의 관계가 복잡해지고 형식과 격식을 가지게 되고 예절과 매너를 지키면서 인간은 밖으로 드러나는 아름다움과 내면의 선함을 분리시켰다.

이를테면 내면으론 선하지 않으면서 겉으론 아름답게 멋있게 보이는 상황도 많이 발생한다.

그런데 어떤 사회에서 선함과 아름다움을 의미하는 단어가 똑같다면 그 사회에서는, 외부적으로 좋게 보이는 것은 내면의 상태도 당연히 좋다는 개념이 통한다는 뜻이고 그 사회는 밖으로 아름다운 것은 예외 없이 내용도 항상 선하다는 개념을 그들의 의식 속에 가지고 있으니 한편으론 내면의 감정을 가공하지 않는, 인간의 단순하지만 순수한 심성을 나타낸다고 할 수도 있다. 또 한편으론 그렇게 이루어지는 사회는 문명의 초기 단계에 머물러 있는 상태라고 할 수도 있을 것이다.

아마 유럽의 백인이 처음 아프리카에 나타났을 때 문명을 접해보지 못한 현지 흑인들의 내면적 의식이나 문화가 앞에서 소개한 부족의 경우와 거의 비슷하다고 가정해보면(물론 앞에서 언급한 bonté와 beauté를 구별하지 않는 부족은 특별한 존재일 수 있지만) 그들 앞에 나타난 처음 보는 모습의 하얀 유럽인들이 흑인을 학대하고 노예로 잡아가는 상황을 목격하며 그들의 영혼은 상당히 혼란스러웠을 것이라는 생각이 든다.

나는 흑인의 시각으로 볼 때 백인의 모습이 좋다는 긍정적인 느낌, 호감이 가는 느낌, 또는 아름답다는 느낌이 드는지는 모르겠다.

만약 그랬다면 그 당시의 흑인들은 백인의 내면도 그처럼 선할 거라고 짐짓 긍정적으로 생각하지 않았을까?

그렇기 때문에 백인이 흑인에게 한 행동은 아마 그들의 영혼에 더욱 깊은 상처를 주지 않았을까 감히 생각해본다.

말하자면 겉은 좋지만 속은 좋지 않을 수 있다는 것, 아마 역사적으로 그들과 모습이 다른 백인을 보며 그런 심리적 과정을 경험한 흑인들은 자신들끼리 그들만이 통하는 특별한 영혼의 유대감이 당연히 더욱 생겨나지 않았을까, 나는 그저 피상적으로 그렇게 짐작하는 정도지만, 그런 식으로 그들만이 필연적으로 공유하는 영혼의 코드가 있지 않을까 생각해본다.

46. 비슷한 예

🖎 그리고 보니 언젠가 우연히 책에서 읽은 어떤 조선족의 글이 생각이 난다.

지금 한국에 나와있는 조선족은 대체로 힘든 일을 하며 우리나라 노동 현장에서 중요한 축을 담당하고 있는데 그들이 느끼기에, 한국 사회에 참여하고 노동력을 기여하는 만큼의 대우를 받지 못하고 있다는 생각을 하는 것 같다.

그런가 하면 인터넷상에서 한국인들이 조선족들을 향하여 서운한 감정을 표현하는 것을 쉽게 접하기도 하지만 어쨌든 나는 개인적으로 그분들(조선족)과 의미있는 접촉을 해본 적은 없다.

다만, 원래 한민족은 특히 혈연의 뿌리의식이 강한 민족이라고 할 수 있는데 그런 사람들(조선족)에게 중국인의 정체성을 갖게 한 중국이라는 나라는 참 대단한 나라라고 생각한 적은 있었다.

그도 그럴 것이 세계의 여러 지역에서는 같은 나라 안에 살면서 서로 민족이 다르기 때문에 서로 첨예하게 대립하여 문제가 되는 경우가 많은데, 중국은 그런 면에서 모범적인 소수민족정책을 펼치고 있다고 '한때는' 대외적으로 긍정적인 평가를 받기도 하였다.

그렇지만 그것은 과거의 얘기이고, 현재의 상황은 모두가 알다시피 부상하는 중화민족의 내셔널리즘과 함께 당연히 어려운 처지에 놓이

게 된 중국 내 소수민족의 동향이 국제적인 이슈가 되고 있는 것도
사실이다.

어떻든 인터넷상의 글들을 보자면 노골적으로 조선족들이 한민족
이 아닌 중국인으로서의 정체성을 가지고 있다는 글들을 읽게 되는
데, 아마 조선족의 역사적 경험이 다르기 때문에 그런 비난 내지는 오
해를 받지 않나 생각해본다.

앞에서 나는 현재의 중국인들의 근본적인 의식이 중국의 마지막 왕
조인 청나라 백성의 그것과 별로 다르지 않을 것이라고 언급한 바 있
는데, 아마 조선족도 그와 비슷하지 않을까 한다.

중국인은 근대적인 개념의 민권운동이나, 국가를 구성하는 주체적
인 개인으로서의 자각 또는 깨어있는 민중에 의한 자발적인 시민운동
의 경험이 거의 없기 때문에 국민 개개인은 국가나 또는 국가와 맞먹
는 최고 지도자가 다스리는 소극적이며 수동적인 객체로서 존재한다.

그러한 의식은 결과적으로 왕조시대 백성의 개념과 별로 다를 바
없는데, 그러한 체제하의 개인은 내가 누리는 모든 것이 국가나 최고
지도자의 덕이라고 생각하게 된다.

아마 현재의 조선족도 그런 중국이라는 전근대적이고 거대한 국가
의 관념적 울타리에 갇혀있고 그들 역시 조선족이라 불리는 것처럼,
조선 시대에 이 땅을 떠난 그 시대의 백성으로서의 의식에 머물러 있
다고 봐야 할 것이다.

이야기가 조금 다른 데로 흘렀는데, 다시 앞에서 언급한 조선족이
쓴 글로 돌아가 보자.

그 책은 중국이 한국과 수교한 지 얼마 안 되어 조선족들이 처음으로 혈육의 뿌리인 한국에 오기 시작했을 무렵, 의외로 한국인의 조선족을 향한 차가운 시선을 접하며 어떤 조선족이 쓴 책인데 거기서 읽은 글이다.

그는 연변에서 '남조선'의 방송을 들으며 서울의 아나운서, 특히 여성아나운서의 말투, 그의 표현으로는 간도 빼줄 것 같은 아름다운 서울말씨를 듣고 그런 예쁜 말투를 쓰는 사람들은 얼마나 마음도 따뜻할까 하는 생각을 하며 서울에 왔는데 막상 조선족을 대하는 한국 사람들의 태도는 실상 그의 기대하곤 달랐다는 내용이 적혀있었다.

아마 그의 생각에 아름다운 말투는 선하고 친절한 마음과 같은 개념으로 생각했나 보다.

앞에서 말한 bonté와 beauté를 같은 개념으로 생각하는 아프리카 어느 부족처럼 말이다.

어쨌든 그만큼 그 당시에 그가 받은 마음의 상처도 크지 않았을까 헤아려본다.

물론 앞의 두 가지 경우에, 각각 beauté가 의미하는 대상이 약간 다르긴 하지만….

47. 동방예의지국(東方禮儀之國) 유감

．．．．．．．．．．．．．．．．．．．．．．．．．．．．．

✎ 어떤 이는 우리가 보통 얘기하는 동방예의지
국이란 말에 굉장히 거부감을 느끼기도 한다.

그런 표현을 스스로 쓰고 우쭐대는 것은 큰 나라에 평가받는 걸 좋
아하는 사대주의적 발상이고 또한 중국 쪽에서 볼 때 우리나라가 대
국을 섬길 줄 알고 말을 잘 듣는 나라라는 걸 에둘러 표현한 것이라
고 말하는 사람들도 있다.

옛적에 공자가 말하기를, 여기는 도가 행해지지 않으니 배를 타고
동이의 군자국(君子國)으로 가서 살고 싶다고 했다는 걸 보면, 옛날
중국인들의 그런 표현에 대하여 혹시라도 시니컬하게까지 생각할 것
은 없다고 본다.

그런데 나만 그렇게 생각하는지 또는 내가 잘못 생각하는지는 모르
겠지만, 여기서 동방예의지국이라는 표현의 '예(禮)'를 왜 유교에서 말
하는 '예(禮)'와 동일시하는 것일까 하는 의문을 갖게 된다.

우리나라를 동방예의지국이라고 불렀던 시기는 유교가 전해지기
전일진대, 비록 유교의 예에 빗대어 우리나라를 예의지국이라고 표현
했다고 하더라도, 당시에 그들이 군자국이라고까지 칭했던 이 땅에서
우리 조상들이 보여주었던 법도는 당연히 지금 우리가 말하는 전형적
인 유교의 모습과는 다르지 않았을까 생각해본다.

그런데 우리는 현재에도 스스로 우리나라를 가리켜 동방예의지국이라 쉽게 말하면서, 그렇게 불린 당시의 우리의 문화나 법도를, 유교의 예와 동일시하거나 유교의 질서나 한계 안에 가두는 것은 일종의 아이러니가 아닐까 한다.

다시 얘기하자면, 우리가 말하는 예라는 말은 원래 유교에서 비롯된 말이기 때문이다.

어쨌든 나는 그렇게 한국 사람들이 동방예의지국이라고 말하면서 사실은 그 실상에 대하여 큰 착오를 하고 있다고 개인적으로 생각해본다.

동방예의지국이라고 불리던 우리 조상들의 예는 지금 우리가 말하는 유교의 테두리 안에서의 예가 아니고 유교라는 윤리가 전해지기 전 동이족 특유의 문화나 질서 또는 법도이다.

어쩌면 그것은 근대적인 개념의 시민의식이나 연대의식에 가까운 것일 수도 있다고 필자는 감히 추리해본다.

나는 개인적으로 유교에 대하여 상당히 부정적인 시각을 가지고 있는데, 유교는 인간이 내면에 가지고 있는 '삶에 있어서 이성적이며 합리적으로 판단할 수 있는 능력'을 근본적으로 신뢰하지 않고 사람이란 '가르쳐야 하는 수동적인 인격을 가진 대상'으로서 인식했으며 그래서 도식적이고 틀에 박힌 정답을 마련해놓고 거기에 예외 없이 따르도록 했다는 점이다.

중국의 옛날 기록의 하나인 『동이열전(東夷列傳)』에서 동이지역에 관하여 기술해놓았는데 거기에 써있기를, "그 지역에 사는 사람들은 길을 가다가도 서로 양보하고 밥을 먹는 것을 서로 권했다."라는 표현이 나온다. 그것은 어쩌면 근대국가의 시민사회에서 지켜야 하는 자율적인 질서나 연대의식하고 오히려 통하는 것이 아닐까 하고 생각해본다.

유교라는 건 다시 말하지만, 인간이란 그대로 놓아두면 동물과 같으니 당연히 인간이 지켜야 할 법도를 가르쳐서 인간으로서의 품격을 가지게 해야 한다는 것인데 거기에 인간의 이성이나 개인의 주체성이나 개체성이 들어갈 공간은 없다.

지나친 표현일지 모르겠지만 유교라는 질서는 사람이 살아가는 데 지켜야 하는 여러 가지 예절이나 윤리들 가운데 한 가지 옵션일 뿐이라고 감히 생각해본다.

다시 말하지만 우리가 옛날에 칭송을 받았던 동방예의지국이라는 표현에서의 예는 유교가 정립된 후의 예와 아무 상관이 없는 것이며, 그 동방예의지국이란 표현 자체가 우리나라는 유교의 교조적인 체재가 없이도 자율적으로 모든 질서와 규범이 지켜지고 있었다는 걸 뜻하는 것일 수도 있다.

한편으로 말하자면 유교라는 것은 각자의 절제와 이성에 의한 자율적인 질서가 제대로 이루어지지 않기 때문에 인륜이나 천륜이라는 수식을 붙여서 그러한 도식적이고 형식적인 제도를 만든 게 아닐까 하고까지 나름 생각해본다.

어쨌든 이상과 같이 우리가 너무나 쉽게 말해버리는 동방예의지국이란 표현을 약간 비틀어서(?) 다른 각도로 해석해보았다.

48. 호기심

· · · · · · · · · ·

✎ 나는 지나온 동양의 오래된 역사 속에서 살아온 사람들, 한국인도 마찬가지지만, 왜 그들은 우리가 항상 접하는 자연의 이치에 대한 호기심이 없었을까, 하는 생각을 해보게 된다.

동양에서 제자백가(諸子百家)가 출현한 비슷한 시기에 서양의 그리스에서는 자연계의 현상에 대한 순수한 의문과 호기심을 가진 많은 현자가 등장하여 지금의 서양 과학의 기초를 닦았다고 알려지고 있다.

그렇지만 동양인은, 다시 언급하게 되는데, 일찍부터 서양인과는 달리 당장 결과가 나타나지 않는 실질적이지 않은 것에는 별로 관심을 보이지 않았다고 한다.

웬만한 머리로는 이해하기도 힘든 주리론(主理論) 주기론(主氣論)을 연구했던 조선의 성리학자들은, 우리가 발을 딛고 살아가고 있는 이 땅의 끝이 어디인지 끝이 있는지 이렇게 쭉 가면 어떤 사람들이 살고 있는지 바다의 끝이 어딘지 그런 걸 생각해보지 않았을까 아니면 알려고 하는 호기심도 가지고 있지 않았을까?

날마다 똑같은 해가 동쪽에서 떠서 서쪽으로 지는데, 어떻게 해서 다시 다음 날 똑같은 해가 동쪽에서 뜨는지 그런 생각을 안 해봤을까 아니면 오늘의 해는 어제의 해와 다르다고 생각했을까?

그리고 혹시 우주의 끝이 있는지 없는지 이런 생각을 진지하게 해보지 않았을까?

언뜻, 일단의 서양인들처럼, 하늘을 날아보고 싶다는 생각을 해보지 않았을까? (아, 장풍이 있었구나) 바다의 물은 왜 이렇게 많으며 그 끝이 어딘지 확인해보고 싶지 않았을까?

이런 생각을 하는 내가 유치한 것처럼 그 당시 유학이나 성리학을 연구하는 학자들은 자신들의 학문적 세계관에서 볼 때 너무 유치해서 그런 것들에는 관심을 가지지 않았을까?

그렇다면 조선의 성리학자들은 자기들의 방식대로 세상의 이치를 전부 다 알고 있다고 생각했을지도 모르겠다.

어쩌면 그들은 일단 자연계에 대한 호기심뿐 아니라 기본지식이 부족했기 때문에, 자연계에 관한 한 무엇을 모르고 있는지, 그 자체도 모르고 있었던 것은 아닐까?

그렇게 애초에 알고 있는 게 없으니 의문도 생기지 않았던 것일까?

내 생각에 호기심이 리스크를 넘어선다면 그거는 모험심이 될 것 같다.

그처럼 왜 동양인은 눈에 보이는 자연의 현상에 유혹을 받지 않았을까?

되도록 보려고 하지 않고 그저 눈을 감고 도를 닦고 싶었을까?

여기서 나는 무엇이든지 보려 하고, 탐구심과 호기심에 가득 찬 서양인의 반짝이는 눈을 다시 한 번 떠올려본다.

그들은 무언가 신기한 것을 기다리는 사람들처럼 외부의 모든 변화에 관심을 기울이고 보려고 하는 사람들이다.

그래서 어떤 서양의 학자는 이렇게 말했나 보다.

"Westerners want to see the reality,

and Eesterners want to be the reality."

서양인은 보려 하고 동양인은 되려 한다고 말이다.

49. 옛날이 살기 좋았다(?)

· · · · · · · · · · · · · · · · · · · ·

✎ 요사이는 위와 같이 말을 하는 사람을 거의 볼 수 없다.

그런데 내가 젊었을 때만 해도 어쩌면 대략 30여 년 전까지만 해도 그런 말을 하는 사람들, 그 당시에 거의 나이가 많으신 분들이었지만 그런 말을 하는 것을 심심치 않게 들을 수 있었다.

그래서 어떤 독일인(이름을 말하면 꽤 알려진 분)이 본인도 그런 말을 가끔 들었는지 TV에 나와서 그 말에 대하여 의아해하던 모습이 생각난다.

아마 그 독일인이 생각하기에 50년 전, 100년 전의 한국 상황을 사진으로 보더라도 지금의 한국이 얼마나 살기 좋아졌는지 쉽게 알 수 있을 것 같은데 오히려 모든 게 열악하고 전근대적인 지나간 시대를 그리워한다니, 그러한 사실이 그에겐 모순처럼 비치고 그런 말들을 이해할 수 없었나 보다.

아닌 게 아니라 그렇게 말하는 일단의 한국인들은, 그 당시의 시점으로 보더라도 근대 문명(서구 문명)의 세례를 받아 풍요로워지고 또한 인권의 상황도 과거보다 훨씬 개선된 근대화된 모습을 더 비판적으로 여기니 말이다.

그리고 내 기억에 그 당시의 어른들한테서는 "세상이 말세다." 하는 말도 자주 들은 것 같다.

젊은 여자가 짧은 치마만 입고 다녀도 말세, 애들이 어른한테 말대꾸만 해도 말세, 어른 앞에서 눈을 똥그랗게 뜨고 똑바로 쳐다봐도 말세….

지금 돌이켜보면 그분들은 옛날부터 이어져 온 유교적인 가치관에 의해서 세상을 바라보고 때로는 동방예의지국을 입에 올리며 그렇게 유교적인 천하관에 머물러서, 근대 문명과 함께 밀려오는 모든 형이상학 형이하학적인 변천이 비록 편리한 듯 보이지만, 한편으론 그들이 이제까지 의지했던 전통적인 모럴 또는 그 이상의 영혼의 가치 체계가 침해당하고 도전받고 있다고 생각했던 것 같다.

조금은 다른 얘기지만 소련의 공산주의체제가 무너지고도 한참 동안 러시아에서는, 과거의 공산주의가 좋았다고 하며 그것에 향수를 가지는 사람들, 주로 고령층이지만, 때로는 시위를 하기도 했던 장면들을 외신으로 종종 볼 수 있었다.

어쩌면 철창 안에 오래 갇혀있던 새는 철창의 문을 열어놓아도 선뜻 철창 밖으로 나가지 못한다는 그런 상황에 비유한다면 너무 극단적일까?

그 새는 철창 밖의 세계가 어떤 곳인지 알지 못하니 나가길 두려워하고, 막상 나와서도 밖의 생활에 적응하는 데는 적지 않은 시간과 노력이 필요한 것처럼 말이다.

그러나 현재 우리나라에서는 정권의 바뀜에 따라 정치적인 신조에 따라서 과거가 살기 좋았다고 그런 말들을 하는 사람들이 가끔 있지만 그것은 앞의 경우와 전혀 다른 성질의 것이고, 앞에서 언급한 식으로 옛날이 살기가 좋았다고 하는 사람들은 최근엔 거의 만나보지 못했다.

그런 걸 보면, 현시대를 살아가는 한국인들은 근현대의 서구 문명을 누리며 사는 지금의 삶이 과거의 전통적인 유교적인 가치 체계에서 사는 것보다 낫다는, 적어도 그러한 국민적인 콘센서스는 확립된 것 같다는 생각이 든다. 너무너무나 당연한 얘기지만….

왜냐하면, 지금부터 머지않은 개화기에 이 땅의 많은 사람은 서양 오랑캐의 문명이라 하여 근대 문명을 배척하지 않았던가.

100년도 넘은 19세기 말의 개화기를 멀지 않은 과거라고 말한 건, 동양의 전통적인 문명 하에 살았던 오랜 세월에 비하면 매우 짧은 시간이기 때문이다.

그러고 보니 사람들은 비록 어려웠던 시간이었다 하더라도 지나간 날을 실제보다는 아름답게 기억하는 걸 좋아하나 보다.

아니면 자기가 경험한 세상만이 전부였다는 착각을 하는 걸까 또는 자기가 살면서 견지해온 가치 체계를 유리하게 합리화시키는 걸까?

생각해보자. 앞에서 언급한 분들이 살기 좋았다고 하는 시대, 지금부터 오십 년 전, 백 년 전, 백오십 년 전에 살다 간 사람들이 진짜로 행복했을지.

50. 서양이 우월할까?

· · · · · · · · · · · · · · · · · ·

✎ 그렇다면 최근 백 년간, 백오십 년간 우리나라에서는 무슨 일이 있었을까?

아마 한국만이 아닌 중국, 일본 모두 서양 문명의 전파가 없었다면 최근의 백 년, 백오십 년은 그 이전의 시간과 크게 다르지 않았을 것이다. 뻔한 얘기지만, 그와 같이 동양의 최근 백 년, 백오십 년 또는 이백 년이 매우 특별한 기간이었다면 그것은 서양문명의 도입 말고는 설명할 길이 없다. 그런데 자꾸 언급하게 되지만 중국은 최근에 들어와서 더욱, 지난날 아편전쟁을 시발점으로 하여 서양인에게 문호를 개방하고 그들의 문명을 받아들인 근대 이후의 역사를, 그게 어느 정도 정치적인 의도를 가지고 있는지는 모르겠지만, 요즘에 와서 더욱 정도를 더하여, 서구세력의 침탈에 의한 치욕의 역사로 바라보려고 하는 시각을 보인다.

청나라 말기에 중국인의 생활상이 어떠했는지는 역시 그 당시를 기록한 사진만 봐도 누구나 알 수 있는 것인데, 현재를 사는 대륙의 중국인들이 당시의 시간을 떠올리며, 근대 이후의 역사가 서양 문명 또는 서구 세력에 의해서 중화민족의 자존심이 손상을 입은 시기였다고 기억한다면 객관성과 냉정함을 잃은 자가당착(自家撞着)적인 아이러니라고밖에 볼 수 없다.

반면에 현대를 사는 서양인들은, 어쨌든 동양에 근대화란 부정할 수 없는 이로움과 혜택을 준 그들의 서구 문명의 역사에 대해서, 적어도 더 이상 공개적으로는 내세우지 않는 것 같다.

그들의 진보주의적 역사관이나 앞에서 말한, 어쩌면 부분적으로나마 서구인의 문화인 내면적인 죄의식의 발로 때문인지는 모르겠지만, 어쨌든 그동안 동양인에게 전파한 서구 문명의 혜택보다는 동양인에게 행해진 온갖 제국주의와 침략의 역사를 먼저 생각하는 것처럼 보이기도 한다.

오히려 한국이 일본에 대하여 과거에 저질러졌던 침략과 학대의 역사를 얘기하면, 물론 상황이 조금 다르고 복잡하긴 하겠지만, 일본인은 한국인에게 개화된 선진 문명을 베풀었다고, 즉 근대화시켰다고 강변하는 것과는 비교되는 모습이다.

사실 일본이 한국에 베풀었다고 그들이 주장하는 근대화도 따지고 보면 자기들이 창조한 게 아니고 서구 문명을 모방한 것인데 말이다.

그리고 중국인들은 한국이 옛날에 자기들의 속국이었다고 자랑스럽게, 그리고 습관적으로 말을 하는데 얼마 전 중국의 시진핑이 트럼프를 만나서도 그런 얘기를 했다고 한다.

현대의 역사관으로 볼 때, 정말 한국이 과거에 그들의 속국이었다면 타국의 자주권을 침범한 데 대하여 사과하고 반성해야 마땅하거늘, 여전히 상하관계에 의한 종주국인 것처럼 호기 있게 말하는 것을 보면서 아직도 과거의 조공관계에 기초한 대국주의적 국제질서에 머물러 있는 동양인(중국인)들의 퇴행적 세계관이나, 과거의 구태를 벗어나지 못한 국제 관계에 있어서의 외교적 인식을 보는 것 같아서 같은 동양 문명을 공유하는 국민으로서 암울함마저 느끼게 한다.

서양의 근대 물질문명을 향유하기 위해서는 국민들의 정치·경제·사회적인 의식의 인프라도 함께 성장해야 한다는 걸, 동양의 선발 산업화 주자인 일본의 지나간 군국주의 역사가 상징적으로 말해주고 있지 않은가?

여기서 다시 맥아더 장군이 태평양전쟁이 끝나고 일본의 국민들에 대해서 한 그 의미심장한 말을 다시 한 번 상기시켜보지 않을 수는 없을 것 같다.

일본인들의 정신연령은 12세에 불과하다는 그 유명한 말을….

그렇다면, 또 되풀이해보자. 지금 중화민족의 굴기를 내세우고 민족주의에 기반한 내부단결을 도모하는 대륙의 중국인이 목표하는 바는 어디이며, 과연 현재 그들의 정신연령은 얼마나 될까?

51. 동양과 서양은 한 방향을 바라봐야 한다

✎ 이 책의 요지는 다시 한 번 언급하지만, 동서 양이 각각 보여주는 문명의 모습은 동서양인의 외모의 차이에서 비롯 됐다는 이제까지 살면서 누구에게서도 듣거나 모방하지 않는 그래서 혼자만의 추측 또는 착각에 의해서, 때로는 편집증적(?)으로 쓰는 글 이다.

그러다 보니 이 책의 전개 과정에서 양 문명의 한 축인 동양의 대표 국가인 중국이나 일본에 대해서도, 필자가 살아오면서 느끼는 평소의 생각을 자연스럽게 말하게 되는데 주제에서 크게 벗어나지 않는다고 생각한다.

또한, 당연히 이 책의 주인 되는 필자는 나름 동서양의 문명을 비교 하게 되니, 그렇게 인류의 문명사를 바라보는 시각에서 때로는 어쩔 수 없이 팔자에 없는 사상가(?)의 흉내를 내며 인류 문명의 문제나 미 래에 대하여 피력을 하게 되는 호사도 누려보는 것 같다.

새뮤얼 헌팅턴이 다가오는 시대에는 서로 다른 문명과 가치관을 가진 세력들 간의 충돌이 있을 것이라 예견했는데 현재 가장 가시적으로 대 두되는 충돌은, 많은 이들이 그렇게 생각하겠지만 내가 보기에도, 최근 에 더욱 불협화음을 보이는 미국과 중국의 충돌이 아닌가 싶다(그것이 어떤 버전의, 또는 어떤 수준의 충돌이 될지 예측할 수 없지만).

돌이켜 보면 근대에 들어와 서양이 제국주의의 얼굴을 하고 동양에 세력을 넓히는 과정에서 많은 지역이 그들의 식민지가 되는 운명을 벗어나지 못했지만, 유일하게(정확히 얘기하면 태국도 서구의 식민지배는 면했죠.) 아시아의 변방인 일본은 자기들 나름의 제국주의로 맞서며 태평양과 동남아에서 미국, 영국과 전쟁을 벌이기까지 한 역사를 가지고 있다.

그리고 그들은 그러한 질풍노도의 시대에 아시아의 패권을 쥔 중심 세력이 되어, 대동아공영권이라는 그럴듯한 명분을 만들어내며, 백인의 제국주의에 맞서는 황인종의 대결적 인종주의의 모습도 또한 보여주었다.

다시 언급하지만, 그렇게 전쟁이 끝나고 일본은 서구의 백인들이 헤게모니를 쥐고 있는 국제사회에서 백인 국가와 동등한 선진문명국으로 인정받게 된다.

그들이 서양 사회로부터 선진 문명국으로 인정받은 게, 일찍이 19세기에 유럽에 퍼진 지팡구(Zipangu)와 자포니즘(Japonism) 같은, 일본에 대한 특별한 환상 때문인지 아니면 결정적으로 서양의 중심세력을 괴롭힌 동양판 제국주의에 의한 20세기의 대동아전쟁 또는 태평양전쟁 때문인지는 나는 모르겠다.

어쨌든 일본이 근대화와 함께 전쟁이란 과정을 통하여 서양인들에게 존재감을 각인시킨 것이, 서구인들에게 아시아의 유일한 선진국으로 인정받게 된 요인의 하나가 된 것은 부정할 수 없는 사실일 텐데, 이건 내 개인적인 의견이지만, 중국은 이점을 특히 유념하고 있지 않나 하는 생각이 든다.

일본이 과거에 자행했던 군사력 같은 하드웨어의 방식으로 서구 세력, 특히 미국의 지위에 도전하여 상대방으로부터 무시할 수 없는 존재감을 인정받는 방식에 중국의 지도부는 많은 영감을 받고 있지 않나 한번 생각해본다.

하나의 예에 불과하지만, 최근에 중국에서는 여성화된 아이돌 가수의 방송 출연을 제한하는 조치를 취하고 있다는데 여성적인 취향을 개인의 기호로 인정하지 않고 국가의 시책으로 남성다움을 고취하게 하는 것은 전쟁 전의 나치정권에서 볼 수 있던 모습으로 예사롭지는 않다.

설마 그럴 리는 없겠지만 그리고 그런 일이 일어나서도 안 되겠지만, 서구 문명의 헤게머니가 여전한 요즈음 만약에 중국이든, 아니면 또 다른 동양의 어느 나라가 됐든 현시대까지도 지속되고 있는 서양의 문명적 성취와 힘의 우위에 대하여 혹시라도 군사력 같은 물리적인 힘에 의지하여 서구세력에 대응하려 한다면 지구촌의 모든 인류는 또다시 불행한 시간을 맞게 되지 않을까 생각해본다.

백인들은 원래 체질적으로 영역 확보를 위하여 영토를 확장하려는 본성이 동양인보다 특별히 강한데 그들의 제국주의나 영토 침략 같은, 내가 생각하기에, 그런 행위의 근본 목적이 원래 다른 인종과의 대결은 아니었을 거라고 믿고 싶다.

부부도 서로 마주 보지 말고 한 방향을 바라봐야 가정이 행복하듯이 그리고 어떤 정당의 대통령 후보가 되기 위해 서로 싸우더라도 경쟁이 끝나면 하나가 되어 자기 당의 후보가 대통령에 당선되기 위해 한 방향을 바라봐야 하듯이, 동양과 서양도 서로 마주 서서 대하지 말고 같이 한 방향을 바라봐야 하지 않나 세계시민의 한 사람으로서 그리고 인류의 한 사람으로서 그렇게 생각해본다.

이를테면 그동안 서양이 주도했던 근대문명의 전개 과정, 특히 산업화 과정에서 소홀했거나 아니면 불가피하게 파생된 부정적인 면, 예를 들면 지구환경오염이나 기상이변 같은 문제점에 대하여 만약에 동양이 새로운 해결책을 제시한다든지, 인류의 지속 가능한 생존을 위한 한층 업그레이드된 문명의 새로운 청사진을 보여준다든지, 또는 인류 모두의 평화를 담보하고 미래의 인류화합에 기여하는 새롭고 획기적인 패러다임을 발굴하여 그동안 동양에 가해졌던 서양문명의 도전에 그렇게 건설적으로 응전하다면 이 얼마나 멋진 일인가.

52. 인종의 체질에 따라 생기는 오해
·····························

✎ 앞에서 아이들이 어른한테 똑바로 눈을 뜨고 쳐다보는 경우를 잠깐 언급했다.

옛날에는 애들이 어른한테 그런 행동을 하면 버릇없다거나 반항한다는 제스처로 받아들였고, 지금도 그렇게 생각하는 사람들이 있을 것이다.

옛날의 개그 한 대목이 생각나는데 어떤 아줌마가 여학생한테 "어디 어른한테 눈을 똥그랗게 뜨고 쳐다봐?" 했더니 여학생 왈 "그럼 아줌마는 눈을 똥그랗게 뜨지 않고 네모나게 하고 쳐다봐요?"라고 했던 기억이 난다.

얼마 전만 해도 미국에 이민 간 동양계 어린이들이 학교에서 선생님을 대할 때 현지 백인 어린이들과는 달리 선생님의 눈을 똑바로 쳐다보지 못하고 고개를 숙이고 땅을 쳐다본다는 말을 곧잘 들었다.

그럴 때, 동양에서는 전통적으로 어린이들이 어른들과 대화할 때 똑바로 쳐다보는 것이 예의에 어긋나는 행동이라고 교육을 받았기 때문이라고 말을 했는데, 서양의 교사들이 그러한 해명을 얼마나 잘 이해했을지는 모르겠다.

서구 문명권에서는 사람들과 대화할 때 서로 눈을 똑바로 쳐다보지 않고 시선을 다른 데로 돌리면 당사자 말에 집중하지 않거나 뭔가 상대방을 속이는 게 있다고 생각한다.

여기서 한번 나의 뇌피셜을 가동해보자.

백인종은, 필자가 이 책에서 자꾸 언급하는 말이지만, 사람마다 머리카락 색깔과 눈의 색깔이 다양하며, 그들은 동양인과는 다르게 개인마다 색깔로서 표현되는 개체성과 정체성을 더하여 가지고 있다.

그리고 많은 한국인은 잘 모르겠지만 백인들은 머리카락뿐 아니고 눈동자의 색깔도 태어나면서부터 몇 개월 또는 드물게 몇 년간 변하기도 한다.

태어났을 때는 아가들의 눈 색깔이 거의 파란색이지만, 차츰 다른 색으로 변하는 경우가 많다고 한다.

그러다 보니 그들은 상대방의 눈동자를 보고 서로 눈을 맞추며 상대방의, 사람마다 다른 눈 색깔을 확인하고 상대방을 구별하고 상대방을 인식하는 행동이 어려서부터 체질적으로 자연스럽게 당연하게 이루어진다.

그리고 같은 파란색 빛깔의 눈이라도 다양한 스펙트럼 또는 그라데이션을 보이기 때문에 사람마다 눈 색깔이 조금씩 다르고, 그런 빛깔로서 내면의 감정표현이 더 드러나는 것처럼 보인다.

그래서 그들은 대화할 때 상대방의 눈을 보며, 사람마다 다른 눈 색깔로 순간순간 서로를 인지하며 상대방의 감정을 읽는 습관이 체질화되어있지 않나 싶다.

이처럼 우리 인류는 서로 인종이 다르고 그에 따른 체질이 다름으로 해서 당연히 생겨나는 차이가 있고, 그래서 생기는 오해가 있다.

어쩌면 인종 간의 때로는 심각한 감정대립이나 갈등도 알고 보면 우리가 모르는 사이 많은 부분 인종 간의 사소한 체질 차이에서 생겨나고 있는지도 모른다.

53. 황인종과 유교 윤리의 관계

·······················

✎ 필자는 앞에 저술한 졸작 금발의 승리에서 유교 윤리는 황인종의 생물학적 체질이 만들어낸 당연한 귀결이며, 작품이라고 하였다.

검은 머리카락, 검은 눈의 통일된 색채의 비주얼을 가진 개인들이 모여서 서로를 보며 인간이란 시각적으로 개체성이 결여된 정형화된 집단으로 스스로 인식하고, 당연히 통일과 질서를 강박적으로 추구하게 되며, 종국적으로는 그렇게 격자처럼 틀에 박힌 삶이 가장 바람직한 인간다운 모습이라는 착각에 빠지게 한 것이다.

그래서 가끔 우리나라의 용감한 학자들은 유교가 동양 문명을 정체시켰다고 일갈하기도 하는데, 필자는 오히려 동양 문명의 주체인 황인종 스스로가 자기들의 몸에 딱 맞는 유교라는 옷을 스스로 맞춰 입은 게 아닌가 하는 생각을 줄곧 해보았다.

그렇듯 동양인은 체질적으로 똑같은 색깔의 모습을 하고 있으니 당연히 생각하는 방법도 같아야 한다고 여기며, 그렇게 스스로를 내면으로부터 규제하니 개인의 상상력은 위축되고 인간은 자기 결정권이나 판단력이 부족한 불완전한 존재로, 그래서 애초에 가르쳐야 하는 존재로 그리고 더하여 자연에 순응하는 자연계의 하위적 존재로 자리매김되었다.

근본적으로 그렇게 황인종이 스스로에 대하여 가지는 의식의 토양에서 유교 윤리는 쉽게 그리고 필연적으로 뿌리를 내린 것이다.

반면에 서양에서는 사람마다 체질적인 색깔이 다르므로 일단 시각적으로 각자는 서로 다른 개성을 가진 주체로 인식이 되고 또한 다양함을 내재한 그 자체로 자기 결정권을 가진 완전한 주체가 되며, 거기서 한발 더 나아가 자신들을 둘러싸고 있는 자연계를, 인간의 목적에 맞추어 재단하고 지배하는 대상으로까지 삼게 되었다.

그렇듯 다양한 컬러의 비주얼을 가진 서양인들이, 개성과 자율을 억압하는 체제를 배격하며 자기만의 정신적 물리적 영역과 독립된 자아를 추구하고 지향하는 행위는, 당연히 민주주의를 위하여 투쟁하고 실현하는 과정이 되며, 결과적으로 그러한 도전의 노정이 서양인에게 있어서는 역사적인 필연이었을 것이다.

시각적으로 비슷한 무채색의 비주얼을 가진 황인종에게 통일과 질서를 추구하는 유교 윤리가 체질적으로 필연이듯이 말이다.

이렇듯 동양의 유교 윤리와 서양에서 태동한 민주주의를 비교해보며, 다시 한 번 필자가 이 책에서 줄곧 주장하는, 백인종과 황인종의 서로 다른 외모가 양 지역에서 서로 다른 문명의 모습을 이루게 했다는 명제를 나름대로 끼워 맞춰 보았다.

그런데 여기에 필자가 보너스로 하나 더 첨언하자면 근래에 동양의 어느 한 나라가, 그동안 서양인들만의 전유물이며 그들만의 비밀코드로 감추어져 있었고, 체질적으로 주체적이고 개체의 자아를 체득한 그들만이 가능할 줄 알았던 그들만의 금단의 영역에, 한 나라가 조심스럽게 문을 열고 있다. 이것은 어찌 된 영문인가?

54. 과학과 영감(1)

. . . .

✎ 나는 앞에서 동양의 전통적인 유교 윤리와 서양에서 기틀을 다진 개인의 자유와 개성을 중시하는 민주주의도, 각각 황인종과 백인종의 외모의 차이에서 비롯됐을 것이라는 나름대로의 추측을 개진해보았다.

유감스럽지만 새로운 밀레니엄에 들어와서도 우리는 인종 간에 외모의 다름으로 인하여 차별하고 구별하는, 감정적이고 타성적인 태도나 습성을 여전히 버리지 못하고 있는데 그럼에도 불구하고 한편으론 시각적인 외모의 다름이 문명의 모습에 어떤 영향을 주었을 것이라는 그런 연구나 글은 본 적이 없으니 그렇게 분석적 모드로 들어가면 그토록 쉽게 받아들일 수 없는 인종 간의 외모의 차이는 오히려 쉽게 간과되어 버리는 걸 볼 수 있다.

아마 인종의 차이가 어떠한 개연성으로 문명의 모습을 결정할 수 있는지 논리의 실마리를 잡지 못하는 이유도 있을 것이고, 더 큰 이유는 인종의 차이를 주제로 한 연구는 인류의 불행한 역사적인 경험이나 트라우마 때문에 너무 예민한 문제이므로 시작부터 이미 터부시되기 때문이 아닐까 한다.

그리고 설마 그런 생각을 하는 사람이 있다고 하더라도 제도권 내의 학자라면 상당한 논리와 설득력을 가진 이론적인 모형이 응당 있어야 하지만, 필자처럼 개인의 직관적인 시각으로 느낀, 어쩌면 모호한 추측에 불과한 것을 무책임하게 던져버리는 식으로 연구나 논문을 발표할 수도 없을 것이다.

어찌 됐든 나는 이런 글을 쓰면서 철없고 악의적인 인종주의자로 매도될까 봐 상당히 조심스러웠고, 정확히 말하면 이 책의 내용을 읽어가는 독자들은 이해하겠지만, 문명의 차이를 만든 요인으로서 인종의 외모를 냉정하게 나름 분석해본 글일 뿐이고 오히려 황인종의 입장에서 백인종의 인류 문명에 대한 기여를 평가한 글이라고도 할 수 있다.

나는 애초에 외모에 의한 시각적인 학습의 차이를 문명의 차이가 시작되는 시발점으로 삼았으므로 무분별하고 감정적인 여타의 인종주의자하고는 근본적으로 구분된다고 나름 믿고 싶다.

나는 또한 서양 문명이 동양 문명보다 우위에 서게 된 결정적인 원인을 과학과 영감의 차이로 규정하고 싶은데, 이게 모두 백인의 외모와 관련이 있다고 추리했었다.

이 책도 이제 결론으로 서서히 향하고 있다고 보여지는데 다시 정리를 해보자면, 여기서 자주 인용하며 언급하게 되는, 생각의 지도를 쓴 리처드 니스벳은 서양에서는 세상을 독립된 개체의 집합으로 보았으며, 그 수많은 개체를 분석적 방법을 통하여 공통된 속성을 가진 것들끼리 분류하는 작업을 하면서 과학이라는 행위가 자연스럽게 시작됐다고 하였다.

그리고 science의 어원인 sceadan이 나누다, 분리하다, 즉 seperate 라는 의미를 가지고 있는 것도 서양에서 과학이 세상을 개체의 집합으로 바라보는 근원적인 인식에서 출발했음을 보여준다고 언급하였고, 그렇게 서양에서 과학이 생겨난 원인을 거기까지 피력하였다.

그런데 필자는 외람스럽게도 여기서 나름의 상상력을 동원하여, 인간의 시각적인 학습이 되는 가장 기본적인 단위인 인간 스스로의 모습이 백인은 황인종과 다르게, 체질적으로 다양한 색깔을 가지고 있으므로 상대방을 인식할 때 사람마다 다른 색깔을 개입시켜 상대방을 구별하는 그런 시각적인 훈련이 외부로 투사되어, 세상을 여러 가지 색깔로서 구분되어 인식되는 개체의 집합으로 보게 되었을 것이라고 추측하였다.

그리고 니스벳은 동양에서는 사물 간의 경계를 의식하지 않고 전체를 하나로 꿰뚫어보는 직관을 중시했다고 했으나 필자는 여기서 또 황인종의 외모가 가지는, 서양인에 비하여 무채색의 이미지를 가진, 그리고 비슷한 색깔로서 상대적으로 개개인이 구별되지 않는 시각적 단일성이 학습과 훈련을 통하여, 외부의 세상을 경계나 개체성이 모호한 동질성의 덩어리(oneness)로서 인식하게 했을 것이라고 추리해보았다.

그래서 당연히 부수적으로 언어 사용에서도 서양에서는 개체성을 나타내기 위해 단·복수를 구별하는 습관이 자연스럽게 생겼을 것이라고 또한 추측해보았다.

55. 과학과 영감(2)

· · · · · · · · · · · · · · ·

✎ 우리가 근대에 들어와 누리고 있는 수많은 문명의 이기들은 단도직입적으로 얘기해서 거의 모두 서양인들에 의해서 이루어진 창조물이라고 해도 과언이 아니다. 제3의 혁명이라는 정보통신의 시대로 인도한 것도 서양인이고, 이런 놀라운 시대에 들어와서도 대부분의 기발한 창조는 거의 모두 서양인의 영감에 의한 아이디어로 이루어지지 않나 싶다.

요즘의 인터넷시대를 따라가지 못하는 이런 방면에 문외한인 필자도 느끼지만 IT시대에 들어선 지금도, 어떤 새로운 차원의 영역을 서양인이 개척하고 첫발을 디디면 그 안에서 동양인이 원리를 효율적으로 습득하여 능력을 발휘하는 패턴이 여전히 유효한 것처럼 보인다.

에디슨이 말한 "천재란 99%의 노력과 1%의 영감이다."란 짧은 글에서도 알 수 있듯이 왜 서양에서는 발명이나 창조의 원천이 되는 영감이 곧잘 회자되고 그리고 그 영감은 동양인보다 서양인들에게서 더 작동이 되는 걸까?

오늘날 자주 쓰이는, 영어로 inspiration이라고 하는 영감이라는 말이 아마 서양 문화가 도래하기 전까지 동양에서는 거의 쓰이지 않던 용어였을 거라 추측해본다.

얼마 전에 TV에서 들은 얘기지만, 우리가 뇌로 얻는 정보의 83%는 시각을 통해서 얻는다고 한다.

(그 83%라는 정확한 수치가 어떻게 계량됐는지는 나도 모르겠다.)

그만큼 눈으로 무언가를 본다는 것은 중요하며 나도 이 책의 초반부에서 인류의 문명은, 세상과 외부의 사물을 일단 바라보는 행위를 함으로써 이루어지고 축적된 것이라고 하였다.

앞에서도 언급했지만, 서양인은 서로 다양한 색깔을 가진 사람들을 보며 구별하는 시각적인 학습의 결과로 세상을 볼 때도 색상이란 필터를 투과하여 인식하기 때문에 상대적으로 흑백의 덩어리로 사물을 인식하는 동양인에 비하여 외부로부터 시각적인 자극을 더 많이 받지 않을까 생각해본다.

그들은 세상을 총천연색영화로 받아들이며 그림을 채색화로 그리고 그렇게 대상들에 색깔을 덧입혀 바라보기 때문에 그들은 색상의 미세한 차이라도 놓치려 하지 않는 듯이 눈을 반짝이며 사물을 보게 될 것이다.

동양인들이 눈을 감고 도를 닦는 데 비해 그들은 그렇게 모든 걸 호기심을 가지고 보려 한다.

동양인들에게는 세상의 화려한 산하도 그들의 시각과 뇌를 거치면 흑백의 두루뭉술한 수묵화가 되지만 서양인들에게 인식되는 세상은 나태한 무채색의 덩어리가 아닌, 빛나는 색깔들을 가진 대상들이 시각적인 자극을 통하여 그들의 두뇌 속에 영감이라는 특수한 정서 상태를 이루게 하는 게 아닐까?

어쨌든 나는 인간에게 있어 영감이라는 작용이 색깔과 관련이 있다고 믿는다.

inspiration은 순간적인 brainstorm과도 연결되는 작용일진데 우리가 흑백영화나 흑백의 수묵화를 바라볼 때보다는 컬러영화나 화려한 채색화를 볼 때 상대적으로 시각적인 자극을 통한 뇌의 특별한 작용이 우리의 영감의 과정을 더욱 활성화시킬 것이다.

그리고 영감은 순간적이거나 단순한 두뇌의 작용에 그치지 않고 분석을 바탕으로 하는 과학이라는 얼개를 기반으로 하여 논리라는 과정을 거쳐 비로소 새로운 창조물이 되어 세상의 빛을 볼 것이다.

이것이 서양문명이, 특히 근대 이후에 이룩하여 온 발전과 진보의 공식이 아닌가 한다.

이렇게 필자는 과학의 토대와 영감의 작용이, 서양 문명이 동양 문명보다 우위를 점하게 한 근본적인 요인이라고 가정했고 그러한 과학과 영감이라는 것도 역시 서양인의 외모에서 비롯됐다고 결론 내리며, 이토록 용감하고 무식한 필자는 추측과 망상과 착각이라는 나만의 3종 세트를 다시 한 번 작동시켜보게 된다.

56. 신의 영역

· · · · · · · · · · ·

✎ 우리는 인간의 기발하고 뛰어난 능력으로 전에 가보지 못했고 여태까지 불가능하게 여겨졌던 새로운 영역에 발을 처음 디딜 때 줄곧 그 표현도 거창한 '신의 영역'이란 말을 습관적으로 쓰고 있다.

의학 부문에서 봤을 때, 1970년대 처음으로 시험관아기를 탄생시키는 과정에서도 그랬을 것이고, 그보다 먼저 심장이식 수술을 처음으로 감행했을 때도 그러지 않았나 싶다.

그리고 언젠가 어느 원자력 부문의 권위자가 TV에 나와서 얘기하기를 원자 속에서 전자를 발견한 것과 의학 부문에서 줄기세포의 발견이 대표적으로 신의 영역에 들어갈 정도의 대단한 발견이라고 하였다.

여기서 신의 영역이라 하는 것은 그동안 단순히 인간의 힘으로는 너무나 어려워서 불가능하게 여겨졌던 일을 성취한다는 뜻일 수도 있고, 경우에 따라서는 거기에 더하여 인간의 그러한 행위가 도덕적인 견지에서 신만이 할 수 있는 성스러운 영역을 침범했다는 뜻일 수도 있을 것 같다.

그런데 이쯤에서 생각해볼 게 있다.

우리가 쉽게 신의 영역이라고 말하면서 그렇게 인간이 신의 영역을 함부로 재단하는 것, 그 자체가 오히려 신의 영역을 침범하는 것이 아닌가?

그리고 우리는 당연히 신의 영역을 정확히 알 수 없으며, 따지고 보면 이제까지 문명의 진보와 발전은 모두 신의 영역에 도전한 거라고 볼 수 있지 않을까?

19세기 말에 처음으로 사진이라는 마술을 접한 조선 사람들은 사진에 찍히면 영혼을 빼앗기는 것이라고 두려워했다는 얘기도, 그 당시 조선 백성의 의식의 크기로 보자면 사진기는 신의 영역에 도전하는 불경스러운 물건이었을 것이다.

우리가 아무리 신의 영역을 침범하더라도 우리의 능력으로 성취한 영역이라면 그것은 이미 신의 영역이 아닌 것이며, 이제 우리가 할 일은 받아들이고 적응하는 것이며 때로는 새로운 룰을 만드는 것이 아닐까 한다.

예를 들면 앞에서 사람마다 각자 유니크한 유전자의 조합으로 태어나고 우리는 거기에 따른 사용설명서를 모른다고 했는데, 이처럼 우리가 가지고 태어나는 유전자의 조합은 우연이지만 어쩌면 앞으로는 유전자의 선택적 조합으로 맞춤형 아이를 주문하는 시대가 올지도 모르겠다.

더 나아가 심한 상상을 해보자면 사람의 몸이 아닌 시험관에서 아이를 생산하는 경지에까지 이를지도 모를 일이다.

개인적인 의견이지만 설마 그런 시대가 온다 할지라도 우리의 가치관이나 도덕을 그런 새로운 상황에 맞추어 나간다면 인류는 다가오는 새롭고 놀라운 세계를 충분히 감당해낼 수 있지 않을까?

엉뚱한 상상을 해봤지만, 우리가 아무리 인위적으로 인간의 탄생에 관여한다고 해도 그 인간의 영혼이 어디서 오는지는 우리가 알 수 없으므로, 위에서 언급한 행위들이 신의 영역에 도전하는 것은 아니라고 조심스럽게 추측해본다.

나도 모순된 말을 했을지 모른다.

신의 영역은 함부로 단정 짓는 게 아니라고 했지만, 개인적인 생각으로 진정 신의 영역이 있다면 그것은 '영혼의 영역'이 아닌가 두려운 마음으로 감히 추정해본다.

57. 국뽕이여 영원하라

✎ 나는 '국뽕'이라는 말을 대할 때마다 약간은 웃음이 나온다.

물론 요사이 우리나라의 위상은 놀라울 정도로, 구태여 내가 이 지면을 할애하지 않더라도, 또는 시류에 둔한 사람이라도 쉽게 느낄 수 있을 만큼, 그리고 그 변화된 위상에 적응이 안 될 정도로 국가의 위상은 올라갔다.

대표적인 동영상 사이트에서는 그런 트렌드에 발맞추어 소위 국뽕을 키워드로 하여 구독자 수를 올리는 전문적인 업로더들이 한참 경쟁을 벌이고 있는 것도 볼 수 있다.

나도 지난날에 나의 암울한 처지는 잊어버리고 우리나라가 세계의 중심 국가 또는 최고의 국가, 물론 꼭 요새 구분하는 하드웨어의 방식이 아니더라도, 세계에 빛을 발하는 남들이 우러러보는 국가가 됐으면, 또는 객관적으로 냉정한 시각으로는 전혀 가능성은 없어 보였지만 어렴풋이 그런 국가가 될 수 있지 않을까 하는 정도의 생각은 가지고 있었던 것 같다.

어쨌든 우리나라는 짧은 시간에 밖에서부터 먼저 인정해주는 선진국으로 발돋움했고, 보는 이에 따라 약간의 의견차는 있겠지만, 이제 세계인의 주목을 받는 국운 상승기에 접어들지 않았나 보이기도 한다.

그런데 우리보다 먼저 이런 비슷한 상황을 경험했던 이웃 나라 일본과 다른 점이라면 일본은 역사적으로 문화적인 측면보다는 군사력이나 경제력 같은 유형자산으로 세계인에게 각인이 됐다는 점이 달랐던 것 같다.

물론 일본의 독특한 문화는 일찍이 19세기부터 서양인에게 호기심을 불러일으켰고, 최근까지도 일본의 대중문화는 국제적으로 어느 정도의 수준과 인지도를 보여주었으나 그냥 거기까지였나 보다.

또한, 개혁 개방 이후 여러 부문에서 더욱 외형적인 급성장을 보이는 중국도 근간의 행보를 보면 언감생심 문화적으로는 거의 어필을 못 하고 있는 것처럼 보인다.

예를 들어 일본의 토요타나 중국의 화웨이가 외국의 견제를 받고 무역분쟁을 일으킬 때 한국의 브랜드들은 별다른 반감이나 거부감없이 외국시장에 스며들고 있는 것을 볼 때에 정말 문화라는 소프트웨어의 힘을 새삼 느끼게 된다.

그런데 나는 여기서 우리가 국뽕을 느낄만한 우리나라의 여러 가지 업적이나 성과를 나열하려고 하는 게 아니라 '국뽕'이라는 그 용어 자체에 대하여 고찰(?)해보고 싶은 마음이 생긴 것이다.

내가 알기로 국뽕이라는 용어의 시초는, 그런 걸 생각하지도 않고 모르는 사람이 대부분이겠지만, 어떤 사이트에서 일본을 좋아하고 일본의 모든 것에 경도된 사람들, 소위 '일뽕'들이 한국에 자신감을 가지고 애국심을 가지는 사람들을 비아냥거리면서 만들어진 용어인 걸로 알고 있다.

그러니 국뽕이란 말은 애초에 일뽕이라는 냉소적인 용어로 불리던 부류가 반대로 그렇게 부르는 사람들에 대하여 국뽕이라고 받아치며 생긴 용어라고 할 수 있다.

그런데 여기서 일단 '뽕'이란 단어를 생각해보자.

우리는 보통 뽕이란 말에서 일본산의 대표적인 마약인 히로뽕이란 말을 유추할 수 있듯이 뽕이란 addicted란 뜻이 될 수 있고 허황되고, 실질적이 아닌 무엇에 비이성적으로 중독이 되어있다는 정도의 뜻이 될 수도 있을 것 같다.

되돌아보자면 어떤 나라든지 애국주의나 자국의 프라이드를 지나치게 고양하게 되면 인류에게 불행한 사태를 초래한다는 것을 우리는 지나간 역사 속에서 많이 보아왔다.

그런데 아이러니하게도 우리는 국뽕이라는 말을 애국주의나 국가적 자부심이란 용어에 대신하여 쓰고 있으니 우리의 입장으로는 절대로 위험한 내셔널리즘이나 맹목적 쇼비니즘에 빠질 염려가 없을 것이라는 역설(逆說) 아닌 역설을 보게 된다.

국뽕이란 말을 쓰며 아무리 국가적인 자부심을 가져도 한편으론 국가주의란 것을 냉소적으로, 비판적으로 바라보며 약간은 희화화시키는 자세를 영원히 간직할 수 있으니까 말이다.

결과적으로 모든 인류의 문화는 우열이 아닌 상대적인 시각으로 바라보는 게 정답이라고 인류의 역사는 말해주고 있지 않은가.

어떤 프랑스인은 최근에 한국이 대단한 문화적인 파급력을 보여주는 것은 국가적으로 수많은 업적을 이루었으면서도 여전히 내부적으로 비판적인 시각을 견지하고 있기 때문이라고 하였다.

외람되지만 내 의견을 말해본다면 국뽕이란 말은 일견 모순되고 자가당착적인 표현이지만, 한편으론 긍정적인 의미를 간직한 채 한국인으로 하여금 항상 부족함을 느끼게 하고 배고픔과 목마름으로 어딘가를 향하여 끝없이 달려가게 하는 마약성 짙은 각성제 같은 역할을 할 것 같다.

58. 에필로그

· · · · · · · · · · ·

✎ 여기까지 짧은 글이지만, 이제는 정말 이야기의 끝을 맺어야 할 때가 오지 않았나 싶다.

끝을 맺기 위해서 다시 이야기의 처음으로 돌아가야 할 것 같다.

우리 인간은 태어나면서 어머니의 얼굴을, 그리고 어머니의 눈빛을 본다.

아기는 어머니의 눈동자를 바라보며 이 세상에 대한 꿈을 꾼다.

그리고 어머니의 눈을 보며 주위 사람들의 눈을 보며 이 세상을 보는 필터를 장착하게 된다.

황인종은 흑백을 극단으로 하는 무채색의 필터를 백인종은 미세한 색상의 차이와 형상의 차이를 인식하는 컬러의 필터를 가지게 되며, 각각 평생 세상을 보고 인식하고 느끼는 방식을 가지게 된다.

그리고 그 한쪽의 필터는 영감과 모험심과 과학을 가지게 했고 자유와 개성을 추구하게 했다.

그렇게 동양과 서양의 차이는 아이가 태어나면서 어머니의 눈을, 주위 사람들의 눈을 보면서 시작됐다.

그리고 수많은 세대를 거듭하면서 문화 문명적으로 차이를 축적해 갔다.

그리하여 양 지역이 만났을 때 외형적인 업적의 차이를 이루게 한,

감추어져 있는 근원적인 요인의 차이가 무엇인지 알 수 없었다.

그건 바로 양 지역주민의 체질에서 오는 무채색과 컬러의 차이에서 이미 시작되고 있었는데 말이다.

인류는 세상을 바라봄으로써 문명을 이루었다.

보는 행위는 본능이 아니고 학습으로 이루어진다.

그러한 학습을 하게 한 것은 사람의 모습이며,

사람의 모습 중에 얼굴이며 그중에 눈이다.

황인종이 체질적으로 가지고 있는 무채색과 백인종이 체질적으로 가지고 있는 컬러는 그렇게 양 문명의 차이를 낳았던 것이다.

59. 덧붙이는 말
· · · · · · · · · · · · ·

✎ 나는 백인종의 눈을 언급하며 단지 사람마다 다른 색깔의 차이를 언급했다.

그런데 여기서 눈이라 하면 눈동자를 얘기하는 것이고, 정확히 홍채를 말하는 것이다.

눈동자는 가운데 위치한 동공과 동공을 둘러싼 홍채로 되어있고, 동공은 누구나 짙은 색 내지는 검은색이지만 홍채는 사람마다 색깔과 형상이 다르다.

황인종은 눈동자, 즉 동공이나 홍채가 거의 같은 짙은 갈색이나 검은색이기 때문에 동공이나 홍채의 경계가 잘 드러나지 않고 또한 개인적인 색깔의 차이가 없기 때문에 육안으로 볼 때 사람마다 변별력이 거의 없는데 다만 홍채인식기술로는 차이가 드러날 것이다.

그에 반하여 백인종은 홍채의 색깔이 다양할 뿐 아니라 그렇게 사람마다 다른 색깔의 홍채 안에서 독특하고 미세한 형상의 문양을 보이고 또 그 문양이 스펙트럼처럼 같은 눈 안에서도 색깔의 gradation(미세한 농담의 차이), 또는 색조의 변화를 보이기도 하는데 황인종과 다르게 육안으로도 사람마다 변별력을 보인다는 걸 알 수 있으며, 어느 정도 인식과 구별이 가능하다.

결과적으로 작은 눈동자 안에서도 황인종의 눈은 단일성(oneness)

의 모습으로 백인종의 눈은 미세하게 나누어진 개체성의 집단으로 인식이 될 수 있다.

다만 나는 이 책에서는 서양에서 과학이란 행위가 자연스럽게 생겨남을 설명하면서 또는 서양의 전반적인 문명의 모습이 동양과 다름을 이야기하면서 사람마다 가지고 있는 서로 다른 색깔의 차이(예를 들어 눈동자의 색깔)만을 언급했지만, 거기에 더하여 각 사람이 보여주는 홍채 안의 다양한 문양과 gradation의 모습까지 들어 이야기를 풀어나갔다면 더 나았을 것이란 생각도 든다.

동양인은 세상을 크게 봤지만 서양인은 미세한 것, 원자와 분자 전자 그리고 미생물 세균 바이러스까지 발견하게 된 것도 세상을 개체성의 시각으로 인식하여 사물을 쪼개고 쪼개고 더 이상 나눌 수 없는 단계까지 보려 하는 sceadan(science의 어원)의 시각으로 세상을 바라봤으니까 가능했을 것이다.

참고로 말하자면 최근에는 홍채인식 화폐까지 나올 정도로 홍채인식기술이 발달한 것도 동양인에겐 사람마다 똑같이 보이는 홍채의 모양도, 서양인은 서로의 눈동자를 보며 사람의 고유한 지문처럼 사람마다 미세한 색깔과 문양의 차이가 있다고 당연히 인식했을 것이다.

그러고 보면 어차피 홍채인식이란 개념을 발견한 것도 서양인일 수밖에 없을 것 같다.

그들은 그렇게 색상이나 형상의 미세한 차이에 강하게 감수성이 반응한다.

다시 한 번 확인하지만 이러한 모든 것들이 역시 필자가 이 책에서

줄곧 주장하는 요지처럼 서양인의 동양인과 다른 체질, 즉 그들의 몸
에 지니고 있는, 기본적으로 동양인에겐 없는 사람마다 다른 컬러풀
한 체질에서 비롯됐을 것이다.

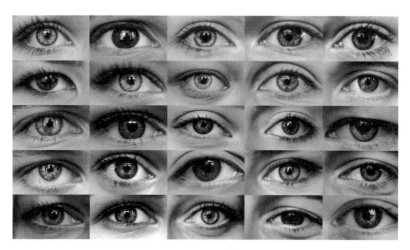

동양인과 서양인의 여러 가지 홍채

맺는말
· · · · · ·

✎ 머리말에서 이번만큼은 앞전에 썼던 졸작이나 습작 수준의 글보다는 좀 더 나은 작품을 만들어보겠다고 했지만 여전히 여러모로 부족하고, 볼륨 또한 작은 글이 됐는데 이것이 제도권의 바깥에 외따로 위치한 필자의 현주소이며, 한계라는 생각이 든다.

물론 나의 노력과 역량 부족 그리고 미천한 지식과 학문적 내공을, 그런 식으로 핑계를 댄다고 해도 어쩔 수 없는 일이고, 이 책을 쓰는 필자의 나이도 얼마 전에 국가에서 공식적으로 인정하는 '노인'이 되었다.

역시, 원래 부족하기도 했지만, 전보다 글에 대한 필력이나 센스 순발력이 많이 둔해졌다는 것을 이번 글을 쓰면서 실감하기도 했다.

이 책을 쓰기 전에 제목을 어떻게 할까 하고 고심을 하다가 혼자 '흑색 무채색 컬러'라고 생각해두었고, 그대로 이 책의 제목이 될 것 같다.

이 책은 논리나 이론으로 무장한 글이라기보다는 일개인의 직관이나 추측에 의한 글이 될 수밖에 없는데 필자가 이 책에서 말하는 요지, 즉 '인종의 차이가 문명의 차이를 만들어냈다'는 명제에 대해서 책을 읽는 독자 중에 단 몇 사람이라도 고개를 갸우뚱하며 '그럴 수도 있지 않을까?'라는 반응을 이끌어낸다면 나는 이 책을 낸 보람이 있을 것 같다.

흑색 무채색 컬러라는 말은 책의 내용을 읽어보신 분들은 눈치챘겠지만, 흑인종, 황인종, 백인종을 내 나름대로 상징한 표현이다. 이 책에서는 황인종과 백인종을 비교하며 글을 풀어나갔지만, 여기에 더하여 흑인들이 가지고 있는 체질을 통하여 그들이 보여주는 인식의 세계나 사고방식을 논하려고 한다면 그것은 필자로서는 능력의 한계치를 벗어나는 일이 될 것 같다.

다만, 나는 흑인, 황인, 백인이 한 가정의 삼 형제라는, 누가 첫째고 누가 둘째가 되는지는 모르겠지만, 그런 생각을 해봤는데 그렇다면 집안이 잘되기 위해서 때로는 형제간에 양보도 하고 어려운 형제는 위로도 하고 도움도 주며 때로는 협력도 하는, 그렇게 가족(인류, 지구)을 위하는 마음을 가진다면 인종 간의 갈등도 없는 훨씬 밝은 세상이 될 것 같다.

그런 이야기는 꿈같은, 공허한, 말로만 하는 도덕책 같은 이야기가 될까?

어찌 됐든 이 책의 주제는 컬러 인종인 백인종과 무채색 인종인 황인종이 서로의 다름으로 다른 문명의 길을 갔다는, 논리나 개연성이 박약할 수도 있는 가설을 쓴 책이며, 한 가지 말해둘 것은 현재의 우리가 누리는 문명을 만드는 데 있어서 백인들의 체질적인 컬러는 '필요충분조건'이 아닌 '필요조건'이라 것이다. 그러한 전제가 유럽의 백인 문명권에서도 지역에 따라 서로 다른 모습과 진보 과정을 보이는 문명의 차이를 설명해줄 수 있을 것이다.

색다른 시각이 될 수 있지만 나는 이 책에서 줄곧 언급한, 컬러 인종인 백인들이 그들의 체질로 인하여 가지는 의식 체계를 무채색 인종인 황인종(아시아인)이 받아들인다면 아시아인들도 유럽인이 그랬던 것처럼 세계사의 주역이 될 수 있다고 믿는다.

지금부터 약 20년 전에 한국에서는, 복역하던 죄수가 탈옥하게 된 흔치 않은 일로 한동안 매스컴을 장식했다. 외국에서는 그 탈옥수를 보고 로빈 후드라고 흥미 있게 보도하기도 하였는데, 상당수의 한국인은 잡으려는 경찰과 피해 다니는 탈옥수를 그냥 게임을 보듯이 지켜봤고 결국은 한 시민의 제보로 잡히는 그런 사건이 있었다.

내가 여기서 얘기하고 싶은 것은 다름 아닌, 왠지 보호본능을 자극하는 그 탈옥수가 끝내 잡혔을 때 입었던 옷, 화려한 무늬의 옷을 보고(그 옷은 잠깐 유행하기도 하였다.) 신문에서 표현했던 '요란한' 색상의 옷이라고 한 수식어이다.

앞에서도 잠깐 언급했지만, 우리는 의식하지 못하지만, 오늘날의 한국인은 화려하고 복잡한 색상의 어울림을 과거보다 훨씬 더 자연스럽게 시각적으로 받아들이며, 오히려 즐기기까지 한다.

대표적인 예로 전통적인 한국의 집들, 같은 동양의 이웃 나라들도 마찬가지지만 칙칙한 느낌의 색상인데, 과거에는 그렇게 우리의 주위의 모든 것들이, 간혹 예외는 있지만, 거의 무채색계열이고 단순한 색상들로 채워졌었다. (물론 과거에도 예외적으로 우리나라에서 색동저고리라는, 무지개 같은 화려한 색상의 혼합물도 존재했었고 찾아보면 다채로운 색상의 조형물도 꽤 있을 것이다.)

그렇지만 최근의 한국인은, 개인적으로 서양 문화와의 교류나 접촉 그런 영향 때문이라고 추측하는데, 다양한 색깔에 대해서 관대해졌으며 심지어는 사람이 가진 색깔, 예를 들면 머리카락의 색깔에 대해서도 이제는 아무 거부감없이 서양인의 그것을 흉내 내보려고 하는 단계까지 온 것 같다.

아까 그 불행한 탈옥수 사건이 흘러간 지도 20여 년이 지났는데 이제는 우리가 어떤 복잡한 색깔의 어울림을 보더라도 적어도 '요란한'이라는 부정적인 표현을 하지는 않는다.

우리는 어느새, 이 책의 논조처럼 내 나름의 방식으로 말한다면, 서양인의 의식 구조, 즉 컬러로 물들인 문화와 그에 따른 내면적 의식을 받아들이며 그걸 녹여내고 문명의 새로운 지평으로 나아가려고 하는 준비 단계일는지도 모른다.

만약에 백 년 전에 이 땅에 살았던 사람이 갑자기 나타나서 오늘날의 '요란하고' 현란한 색깔들에 둘러싸인다면 분명 정신적으로 혼란스럽고 심리적으로 안정감을 느끼지 못할 것이다.

최근에 만난 친구, 거의 오십 년 만에 만난 중학교 동창이 세상의 모든 일은 우연인 것 같지만 알고 보면 필연이라고 나름대로 본인의 인생관이 깃들인 '명언'을 하여 잠깐 나를 '숙연'하게 만들었다.

나는 요사이 '주모'를 자꾸 불러야 할 것 같은 국운 상승기를 보며, 또 끝없이 올라가는 아파트 가격이 말해주는 한국이라는 나라의 가치를 '역설적으로' 생각하고, 그리고 그동안 강대국들에 의한 나비효과의 최말단에서 모든 걸 감내해왔던 수동적 객체가 오히려 응축된 에너지로 반대로 방향을 달리해 전 세계를 향하여, 아니 먹이사슬의 최상위 포식자를 향하여, 또는 마리오네트 인형이 반대로 자기를 조작하는 행위자를 향하듯 한바탕의 응전을 준비하려는 움직임을 본다.

내 생각에 적어도, 우리나라는 '적어도' at least, 지난 몇 세기 동안 유럽 대륙에서 프랑스가 누렸던 '절대적 문화권력'을, 아시아에서 우리나라 대한민국이 가지게 될 것 같다.

우리나라는, 안에서 그러한 성취를 한편에서 흘기며 냉소하며 때로는 반대하는 세력이 있음으로 인해 더욱 그보다 높은 데까지 갈지도 모른다.

나는 내 눈으로 이 정도까지 보는 것만 해도, 이 땅에 태어난 것이 형벌이었던 사람들에 비하면, 군이 행운이라는 생각을 해본다.

한편으론 이 책은 개인적으로, 온갖 시행착오를 겪으며 인류의 삶을 진보시켜온 서양 문명에 대한 헌사이며, 그들이 가지고 있는 '컬러'에 대한 희안한 hommage이기도 하다.

인간이라면 누구나 이 땅에 태어난 이상, 온갖 질병에서 해방되어 전보다 훨씬 늘어난 수명을 누리며 살려고 하는데 그런 욕구를 충족시켜준 것, 그리하여 지구에 인구가 이만큼 늘어난 것은 절대적으로 서양 문명의 덕택이다. 그거 한 가지만 보더라도 서양문명은 가치 있는 것이며, 그에 따른 부작용과 문제점은 모든 인종이 같이 해결점을 찾아야 할 것이다.

이렇게 결론 아닌 결론을 내리며, 한참 부족한 글이었고, 이제 이글의 끝을 맺어야 할 것 같다.

하나의 책을 완성한다는 것은 힘든 일이다.

애초에 누가 나에게 책을 쓰라고 강요한 것도 아닌데 말이다.

아마 첫 번째 책을 쓰지 않았다면, 구태여 그 책의 내용에 대한 부족하고 미진한 점을 보완하기 위하여 이렇게 시간과 노력을 들여서 글을 한 번 더 쓰는 수고는 하지 않았을 것이다.

그냥 끝내긴 아쉬워서 다시 한 번 반복해본다.

인간은 일단 보는 행위를 함으로써(그런 행위가 축적되어) 문명을 이루었다.

본다는 행위는 본능이 아니며, 학습의 결과이다.

시각의 학습에 가장 영향을 미치는 것은 인간의 모습이며,

그중에서도 얼굴이며 특히 눈이다.

반대방향으로 되돌리자면

인간은 그렇게 사람의 얼굴을 보며 시각적인 학습을 했고

그렇게 학습한 대로 외부에 투사하여 세상을 이해했고

그렇게 생각을 세상에 발현하여 자기들의 방식대로 무채색의 황인종과 컬러의 백인종은 문명의 다른 길을 갔다.

필자가 최근에 읽은, 얼마 되지 않는 책들

생각의 지도 Richard E Nisbett

동과서   EBS

문명의 충돌 Samuel Huntington

총, 균, 쇠   Jared Diamond

인구의 힘 Paul Morland

누가 백인인가 진구섭

뇌속에 또 다른 뇌가 있다 장동선

세상에서 가장 짧은 세계사 John Hirst

한국인을 위한 중국사 신성곤 윤혜영

학교에서 가르쳐주지 않는 일본사 신상목

프랑스군인 쥐베르가 기록한 병인양요

하멜표류기 헨드릭 하멜

제3의 물결 Alvin Toffler

서울의 부동산만 오를 것이다(?) 김형근